Dolce

アイドルが恋しちゃだめですか?

原案/HoneyWorks

著/小野はるか

21698

角川ビーンズ文庫

contents

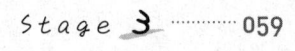

イラスト／ヤマコ、桐谷

stage 0

「じゃあ、これからナンバー順にステージに上がってもらうから。ステージ中央まで行ったら自己紹介《しょうかい》、課題の歌とダンス、最後にブーケを客席にトス。いいね？」


暗幕が張られたステージのそで。

ガチガチに緊張《きんちょう》した十代の男子たちを前に、彼は念を押すように確認《かくにん》した。

これは人気ボーカル、ハノンが所属するエッグレコードで開催《かいさい》された、男子アイドルオーディション。その最終審査《しんさ》だった。


「おまえ、ぜんぜん緊張してないのな」

塔上沙良《とうじょうさら》が必死であくびをかみ殺していると、とつぜん声をかけられた。

話しかけてきたのは参加者のひとりだ。名札には白雪風真《しらゆきふうま》とある。

「おまえ一番目立ってて注目されてんのに、すげーな」

「まあね」

「よし、俺も見習わないとな！」

そう言って笑う風真を、沙良はなんとも言えない気持ちでながめた。

（人のこと、言えないでしょ……）

なぜなら、

「――いまさらなんだけど君、どうしてそのかっこなの……？」

白雪風真、男。

彼はなぜかウィッグをつけて、スカートをはいていた。

沙良以上に目立って、そしてべつな意味で注目されている。

「そういう趣味《しゅみ》ならべつにいいけど、審査に影響《えいきょう》あるでしょ。男子アイドルのオーディションなんだから」

「だろーな」

あっけらかんとした返事にちょっとおどろいた。

「でも、これが俺だから。俺はこの姿でアイドルの夢を叶《かな》えるんだ！」

からりとした笑顔《えがお》を一瞬《いっしゅん》まぶしいと感じたのは、ステージの照明がひときわ激しく輝《かがや》いたからだろうか。

「おっと、次俺の番だ。んじゃ行ってくるな！」

風真はスタッフの合図で勢いよくステージへと走って行った。


「はい、じゃあ合格は白雪風真《しらゆきふうま》くん、塔上沙良《とうじょうさら》くん、眠桔平《ねむりきつぺい》くん、灰賀《はいが》一騎《かずき》くん、豆井戸《まめいど》……なんだっけ、ああそう、豆井戸亘利翔《ぎりしゃ》くんね」

全員のアピールタイムが終わり、主催者が合格者の名前をつげる。

それぞれがよろこびの声をあげるなか、沙良はひとり、すっと手をあげた。

「――すみません。辞退します」

合格した四人のほか、審査関係者たちもざわついた。

「っていうわけで、帰ります。ありがとうございました」

「い、いやそれは困るよ塔上くん！　辞退ってどうして？　ならなんで受けたの⁉」

「必要だったので」

「じゃアイドルになりたいってことだよね？」

沙良はすこし考えてから首をかしげた。

「いいえ？」

「えぇえ!?」

「では、失礼します」

「しつ……ってちょっときみ！」

沙良は一礼して、ぽかんとする参加者たちの前を通る。


「――ねえ、負けたままでいいの？」


よぎるとき、小声で声をかけられた。

なんのことだ？　と相手を見る。合格者のひとり、灰賀一騎だった。

一騎は気遣《きづか》わしげな顔で沙良を見ていた。


「ボクがだれに、負けたって？」

カチンときた。

正直、歌にもダンスにも自信があった。

沙良の父は有名ミュージカル俳優、母はもと歌劇団トップ娘役《むすめやく》。歌にダンスに演技にと、生まれて間もないころから両親の重い期待のもと、レッスンを受けさせられてきた。

じっさい沙良は五才で子役デビューをはたしているし、すでに持ち歌のCDも発売している。

今回の最終オーディションだって、一番観客を沸《わ》かせたのは沙良だ。

どの角度のどの笑顔、どんな言葉やしゃべり方が魅力《みりょく》的か、ぜんぶ知っている。

息をするように演じられる。

負ける要素などだれにも、どこにも――

一騎はふたりにしかきこえないような小声でそう告げた。

「えっと、風真に」

(風真。白雪風真？　あのスカートの)

鼻で笑おうとして、結局できなかった。

思い出すのは、ついさっき立ったばかりのステージから見えた、ひとりの女子だ。

沙良の登場に客席がどっと沸くなか、彼女だけがよそ見をしていた。

――いや、出番が終わりステージを去る風真の姿を、けんめいに追っていた。

まばたきすら忘れて見入る、あのキラキラした瞳《ひとみ》。

とくにこれと言っておしゃれなわけでもなく、美人なわけでもない。

それなのに、妙《みょう》に気になった。

あの目には、風真以外のなにもうつっていなかった。

すでにオーディションは沙良の番になっていたのに。

だれもが沙良の登場に沸くなか、沙良を見ようともしない。

こっちをむけ、とトスした花は、観客たちがけんめいに手をのばすなか、彼女の手によって払《はら》われるようにして落ちた。

──彼女がのばした手は、風真を追ってのものだった。


(なんか、むかつく……)


「審査員長さーん、やっぱり辞退しないそうです！」

一騎がやったね！　といわんばかりの笑顔で審査関係者に手をふる。

「は？　そんなことだれも……」

「じゃあ、これからみんな仲間だ！　一緒《いっしょ》にがんばろうな！」

手を差しだしてきた相手を見る。……白雪風真だ。

（ボクが負けた？　これに？）

どこが？　と考えているうちに、合格者たちで組んだ円陣《えんじん》の中にとりこまれていた。

「ちょ、ちょっと、ボクは」

「よーし気合い入れようぜ！」

風真ががっちりと沙良と肩《かた》を組む。

その反対側をガッチリ体型の豆井戸亘利翔が捕獲《ほかく》した。

「うっしゃあ合格はゴールじゃねー！　こっからがスタートだぜぇ！」

「は、はいっ」

叫《さけ》ぶ亘利翔の横で、おどおどと気弱げにしているのは眠桔平だ。

「がんばるぞーっ！　エイ、エイ、オ――っ！」

一騎のかけ声に、みんなが「エイエイオー！」と声をあげる。

「だ、だれもきいてない……」

たぶん、きく気もない。

そして審査《しんさ》関係者も沙良を逃《に》がす気はないようだった。

二〇××年　四月。

エッグレコード付属会社所属新アイドルグループは、こうして五人でスタートを切ることとなった。

デザートのようなワクワク感をあたえ、甘くやわらかな歌声でみんなをつつむグループになるようにと、観客投票によってグループ名を『Ｄｏｌｃｅ《ドルチェ》』と決定した。

Stage 1
塔《とう》上《じょう》沙《さ》良《ら》
CV:浦田わたる
年　齢 15歳
身　長 170cm
血液型 AB型
趣　味 温泉・ピアノ
特　技 ピアノ
長　所 容姿端麗、たいていのことはそつなくこなせる器用さ
短　所 思い上がっている部分がある、めんどくさがり
誕生日 10月31日

stage 1

「ねえねえ宇瑠《うる》、アンタ将来の夢は？」

「……うーんとくにないけど」

「ええぇ～、ウソないのぉ？」

「えーとじゃあ……あえて言うなら公務員、とかかな……？」

「なにそれ超堅《ちょうかた》いじゃんウケる～」


（そんなにウケるかな。人の夢って……）

そうモヤモヤしながらも、クラスメイトたちといっしょになって空笑いをしていた、あのころの自分。


けっとばして、ゴミ箱に捨てる。

もう、サヨナラだ。

「あ、あああのっっ、大ファンです！」

心臓がバクバクいってる。

（わわ言えた、言えた言っちゃった！　顔、わたしの顔ヘンになってない？　大丈夫《だいじょうぶ》!?）

顔が熱くてホントに火が出そう！　恥《は》ずかしい！

（でも、ついに言えた！）

王子《おうじ》宇瑠《うる》はよろこびに震《ふる》えながら、そっと手をにぎってくれている相手を見つめた。

（ふ、風真くん……ダメ、ま、まぶしい！）

手をにぎってはいるが相手はカレシでもなんでもなく、アイドルだ。

宇瑠がこの数か月にわたって追いかけている、大大大好きな新アイドルグループ『ドルチェ』のメンバー、白雪風真。

年齢《ねんれい》は中三である宇瑠のひとつ上の、高校一年生、十五歳だ。

（ふあああ！　風真くん、キレイなのに笑顔《えがお》がめっちゃイケメン……あ、あれ、なんか神すぎて涙《なみだ》が……）

感動しすぎてボロボロ涙がでてくる。

どうしようドン引かれる！　と焦《あせ》ったけれど、風真はやっぱり神だった。

「泣かないで？」

そっとハンカチで涙をぬぐってくれる。

（え、なんだろうこれ、現実？）

まわりからも「キャー！」という悲鳴なのか歓声《かんせい》なのかわからない声があがった。

「君、俺たちがデビューしてから、ずっと応援《おうえん》にきてくれてるよね。俺のうちわ持ってさ」

（ウソ!?　お、覚えてくれてた……!!）

神推《お》しに存在を覚えてもらえた。

こんな幸せって、あるだろうか。

「――ない。ぜったいにない！　今日がわたしの人生最高の日！」

握手会《あくしゅ》のあと、宇瑠は自宅マンション近くの小さなお店にいた。

『Chocolatier《ショコラティエ》 Mimi《ミミ》』。

チョコレート職人《ショコラティエ》である祖父の、チョコレート《ショコラ》専門店だ。


ローストしたアーモンドを使った、アマンド・ショコラ。

オレンジピールをショコラでコーティングした、オランジェット。

ヘーゼルナッツのペーストを使った三層のショコラ、クレミーノ。

国産ドライフルーツをふんだんに使った、マンディアン。

トリュフに生チョコレート、そして一番人気のボンボン・ショコラ。

宝石みたいにぴかぴかの特製ショコラたちがならんでいる。


奥には小さなカフェスペースもあって、ショコラショーと呼ばれるチョコレートドリンクや、祖父自慢《じまん》のスペシャルティコーヒー、そしてチョコレートケーキを楽しめるようになっていた。


「まだ人生五分の一も生きてない中学三年生が、なにを言っているのかねぇ」

ショーケースにできたてのショコラをならべながら、祖父が苦笑《くしょう》する。

「ああ、宇瑠。そっちのテーブルふいてくれるかい？」

「はーい」

この『Ｍｉｍｉ』は小さなお店だから、祖父と祖母のふたりきりでずっと切り盛りしてきた。

けれど、昨冬のこと。

その祖母が転んで腰《こし》をいためて、お店に立てなくなってしまったのだ。

祖父はすっかり元気をなくして、もうお店をたたむなどと言いだしたものだから、大好きな祖父母と大好きな『Ｍｉｍｉ』のため、宇瑠がお手伝いを申し出た。

以来、週末の学校が休みの日は、こうしてお店に立っている。

祖母が用意してくれた制服も、クラシカルなメイド服調でかわいくて、とても気に入っていた。

「——おじいちゃん、何年生きたかとかカンケーないんだよ？　風真くんがわたしを知っててくれた。風真くんがハンカチで涙をふいてくれた……！　ああ、これを幸せって言わないでなにを言うの？　幸せすぎて明日《あした》死ぬのかも……っ」

カフェスペースのあいた客席をかたづけながら、幸せにうち震える。

するとそれをきいていた常連客の花江《はなえ》さんが、フォンダンショコラを食べる手を止めて顔をあげた。

花江さんは、いかにも品のよさそうなご近所のマダムだ。

「宇瑠ちゃんは、よっぽどそのナントカっていうアイドルが好きなのね。春からずっとその話ばかりだものね」

「ドルチェです。これからどんどん伸《の》びるアイドルですよ！」

「写真とかあるの？　どれ見せてごらん」

言われて、宇瑠はいつも持ち歩いている風真の缶《かん》バッジをとりだした。

「この人が白雪風真くんです」

「まあ、かわいい女の子ね」

「ちがいますよ！　風真くんは男の子です！」

抗議《こうぎ》すると花江さんは目をぱちくりする。

一緒《いっしょ》にコーヒーをのんでいた、おなじく常連客の猫田《ねこた》さんも「どれどれ」とのぞきこむ。

猫田さんはきれいになでつけたシルバー頭の老紳士《しんし》だ。

「なんだい、このべっぴんさん、男なのかい。時代は変わったものだねえ」

「なに言ってるのよ猫田さん。わたしらが若いときだって、メイクしてる男のアイドルがいたでしょう」

花江さんが言うと、猫田さんが「いたねえ!」と手をたたく。

そこから昔のアイドルについて二人で話がもりあがりはじめたので、宇瑠はカウンターの内側にもどってカップを洗うことにした。

「——最近、元気なようで安心したよ」

ショコラをならべ終えた祖父が、コーヒー豆をひきながら、宇瑠に向かってぽつりと言う。

「中学に入ってから、ずっとなんだか元気がなかったようだったからね。まえはよく店に友だちを連れてきていたのに、それもなくなってしまったし」

「……うん。でももう大丈夫。心配しないで」

にっこり笑うと、祖父は安心したように、しわしわの目を細くした。

(そう。もう大丈夫)

——夢は、ショコラティエになることです!

あれは中学に入学したばかり。忘れもしない、はじめてのクラスでの自己紹介《しょうかい》。宇瑠が意気揚々《いきようよう》と宣言すると、教室にはどこかしらけた空気がひろがった。


――はい出ましたー、男ウケ狙《ねら》いのヤツ！

――ようするに『お菓子《かし》屋さんになりたいです！』でしょ。幼稚園児《ようちえんじ》じゃあるまいし。

――知ってる？　あの子の親戚《しんせき》、チョコ専門店やってるの。

――知ってる～。親指くらいのちっちゃなやつが何百円もするってママが言ってた。

――高っ！　チョコなんて百円でおっきいやつ買えるじゃん。ぼったくりでしょ！


ぼったくりなんかじゃない！

そう言えればよかった。

量産品のチョコレートと、職人がつくったチョコレートはまったくの別ものだ。手芸で使うパワーストーンが百円で手に入るのに、ジュエリーショップで売っているおなじ名前の石が高価なように。似たように見えても、ぜんぜんちがう。


でも、言えなかった。

中学に入学して、はじめてできる新しい友人関係を、平和にスタートさせたかった。

だからあのときの宇瑠は、あいまいに笑うことしかできなかったのだ。

大好きな祖父と、大好きな祖父のショコラをばかにされているのに、なにかを言う勇気が出なかった。


一番つらかったのは、中一の二月。

バレンタインを目前にしたころのことだ。

あれほどショコラティエやショコラを否定したクラスの女子たちが、祖父のお店に連れて行ってほしいと言いだした。

今考えれば、断ればよかったのだと宇瑠は思う。

けれどあの時は、祖父がつくった宝石のようなショコラを見せつけてやりたかった。「すごーい」って感動してほしかった。

そしてむかえた放課後、みんなで『Mimi』をたずね、宇瑠の期待はこなごなに打ち砕《くだ》かれたのだ。


――わ、やっぱたっか……！

――ねえ、専門店のチョコ、友だち価格でゆずってくれない？

――は？　なんでだめなの？　どうせ原価なんて、ひと粒《つぶ》あたり数十円なんでしょ？

原価で買いたいなら、原材料を自分で買ってつくればいい！

ショコラティエは、繊細《せんさい》なカカオを高度な専門知識と高度な技術で最高の状態に高めてスイーツをつくる職人だ。原材料の値段で買えるはずがない！

そもそも原材料だって、祖父が原産地から厳選した、最高のカカオを使っているのに！


ショックで、目の前が真っ白になった。

理解されないことに。

そして結局自分は、なにも言えないことに。


中二でクラス替《が》えになり、それ以来、『ショコラティエ』という言葉をずっと封印《ふういん》してきた。

夢をきかれたら、てきとうに「公務員」なんて答える。

またショコラティエだなんて言って、夢を、祖父のショコラをばかにされたくないから。

宇瑠がなにも言わなければ、だれからも否定されないから。


数か月前、中三になるまえの春休み。

風真と出会うまで、ずっと、そう思っていた。

きっかけは、妹に誘《さそ》われて観《み》にいった、エッグレコードのアイドルフェスだった。

その中のイベントの一つとして、アイドルの公開オーディションがあったのだ。


出場者はみんなカッコ良かったけれど、とくに夢中になって見ていたわけじゃない。

けれどそれは、スカート姿の白雪風真の登場で一変した。

会場は一瞬《いっしゅん》で静まりかえった。

そしてはじまる、「マジ？」「やだぁ」の声。

しらけた冷たいクスクス笑いに、宇瑠はゾッとした。

そのときの空気は、宇瑠が「ショコラティエになりたい」と言ったときのクラスの雰囲気《ふんいき》にとてもよく似ていて、胃がぎゅっとひきしぼられるような感覚がした。


怖《こわ》い、と強く思った。

それなのに。


「俺は、夢を叶《かな》えて、夢の先へ行きたい！　どうかよろしくお願いします！」

会場のいやな雰囲気をものともしない、堂々とした自己紹介に、観客の目は変わった。

そして、冷ややかな空気を自力でぬり変えた風真の姿に、宇瑠は胸を打たれたのだ。

どんな環境《かんきょう》にいても自分を貫《つらぬ》こうとする風真は、すごく輝《かがや》いて見えた。


──わたしも、あんなふうになりたい……！

強く、強くそう思ったのだ。


ことん、となにかが床《ゆか》に落ちる音がする。

見れば、カフェカウンターのすみに座っていたお客さんのペンが、床に落ちていた。

「どうぞ」

拾って渡《わた》すけれど、返事がない。

週末にときたまやってくる若い男性客だ。

このお客さん、いつもショコラを買ったあと、カフェのほうでコーヒーをのみながら書類をながめたりするのだけど、とにかく落とし物が多い。

すぐにまた、書類のクリップが。

つぎはコーヒーのスプーンが床に落ちる。

「宇瑠ちゃん、もう拾うのやめなさいな。あれわざとかもしれないわ」

こそっと花江さんが耳打ちしてくる。

「気をつけなさい。その制服かわいいんだから、ヘンな男に目をつけられたら大変よ」

「もう花江さん、そこは宇瑠ちゃんかわいいんだから、でしょ？」

軽口を言って笑いあううちに、

「あっ……」

こんどはコーヒーがこぼれた。

ふきんを持っていこうとすると、花江さんが止める。

でも。


「――大丈夫《だいじょうぶ》ですか？」

物を落としたなら拾う。コーヒーをこぼしたならふく。

どんなお客さんでも笑顔《えがお》で接客、だ。

（だって、風真くんだってどんなときも笑顔でがんばってるもん！　わたしだってできる！）

ここは最高のショコラのお店だから、最高の気分で帰ってもらいたい。

宇瑠ができるのは、笑顔の接客だけだ。

とはいえ、結局このお客さんは怒《おこ》った花江さんにぴったりとくっついて座られ、いづらくなったのか、すぐに退店していった。

夕方になってお店をあがり、自宅マンションに帰りながらスマホを手にとる。
握手《あくしゅ》会のあとのＳＮＳへのつぶやきに、たくさん『いいね』がついていた。
いくつか返信もある。

〈握手会サイコーでしたね！〉
〈いいなー都会民。わたしも行きたかったし！！〉
〈ウチも会場にいたよ～〉

みんなＳＮＳで知りあったドルチェのファンたちだ。
ドルチェは四月にデビューしたばかりのアイドルだから、まだまだ知名度も低くて学校にはファン友だちというものがいない。

さみしかったけれど、おねだりしてようやく買ってもらえたスマホのおかげで、こうして貴重なファンとつながることができていた。

SNSってすごい！　とひたすら感動するばかりだ。

（あ、みるくちゃんまた自撮《じど》りあげてる）

ドルチェ仲間のひとり、みるくはアイコンの写真が読者モデルみたいにかわいい女の子だ。

（盛り盛りの詐欺《さぎ》自撮りアイコンのわたしとは、やっぱりちがうなぁ）

みるくはかわいいだけじゃなく、おんなじ風真推《お》しで、宇瑠のつぶやきには必ず『いいね』をくれるし、返信もたくさんくれる。

ただ、ちょっと変なところがある子で、メッセージよりも自撮り画像をあげてくることのほうが、ひたすらに多かった。

しかもその画像も、つぶやきとなんの脈絡《みゃくらく》もないことが多いうえ、宇瑠に対しても「自撮りちょうだい」とねだってくるので、ほかのアカウントさんたちからもすこし警戒《けいかい》するように言われていたりもする。

（そもそもこんなかわいい子に自分の自撮りなんて、おそれ多くて送れないよ！）

かわりにお店のずらりとならんだボンボン・ショコラの画像を送ったところで、マンションについた。


最上階の一室が宇瑠の自宅だ。

マンション最上階というと、いかにも上流家庭にきこえるけれど、そういうわけじゃない。

半郊外《こうがい》にある、一階にダンススタジオが入ったふつうの五階建てマンションだ。

特殊《とくしゅ》なところと言えば、楽器演奏可な防音室があることくらい。

宇瑠の家庭では、父親がその防音室で趣味《しゅみ》のギターを弾《ひ》いたりしている。

スマホをいじくりながらエレベーターを降りて、外廊下《ろうか》へとふみだした足が止まった。

（――――え…………？）

頭がまっ白になる。

宇瑠の自宅、その奥の角部屋のまえに、男子学生たちの姿が見えた。

ほとんどがバラバラな制服を着て、中へと入っていく。

「う、そ、でしょ……」

このマンションを管理している不動産屋は、宇瑠の父親が働く会社だ。

たしかその父が何日かまえに、

「となりの部屋を音楽事務所が使うことになったけど、もし有名人の顔を見てもぜったいにさわがないように！」

なんて言ってはいたけれど。

（だからって、どうして……！）

立ちつくす宇瑠に気がついたように、一番後ろにいた一人がふり返る。

彼は儚《はかな》くてきれいと評判の顔を、おもいっきりしかめてみせた。

「こんなところまで押しかけてくるなんて、君、ストーカーなの？」

「ちがっ……これは偶然《ぐうぜん》……っ！　怪《あや》しいものじゃありません！　で、でも、えぇぇええええ!?」

彼の名前は塔上沙良。

となりの角部屋に入っていったのは、ドルチェのメンバーたちだった。

Stage 2
白《しら》雪《ゆき》風《ふう》真《ま》
CV：こいぬ
年齢 15歳
身長 160cm
血液型 A型
趣味 メイクの研究、バスケ
特技 3Pシュート
長所 目標を決めたら最後までやり遂げるところ
短所 一人で抱え込んで、負担を大きくしてしまいがち
誕生日 12月20日

stage 2

「ステージこなしたあとの鬼《おに》練習とかマジ鬼畜《きちく》！　マジおにちくじゃね!?　マネージャー！」

ドルチェにあたえられたミーティングルーム、通称《つうしょう》ドルチェ部屋。

そのドルチェ部屋があるマンション一階のダンススタジオで、ドルチェのメンバーたちは滝《たき》のような汗《あせ》を流していた。


すでに二本目になるペットボトルを空にしながらわめいているのは、豆井戸亘利翔。

イメージカラーはイエロー担当。

キレとパワーあるダンスが好評の、ドレッド頭の個性派アイドルだ。

見た目の威力《いりょく》がすごすぎるが、歌もうまい実力派でもある。

「くっそーあちーし！　エアコンどうなってんだエアコンー！　休憩《きゅうけい》あと何分～？」

「わあっ！　ちょ、ちょっとギリシャさん、こんなところにカツラ放置しておかないでくださいよ……び、びっくりしました……」

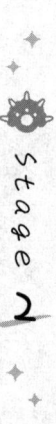

ギリシャの髪《かみ》はカツラだ。脱《ぬ》ぎ捨てられたドレッドが大型ミラーのまえにころがっているさまは、なかなかシュールに見える。

よほどおどろいたのか胸を押さえているのは、眠桔平。

イメージカラーはグリーン担当。

いつも自信なさ気にしてはいるが、実は運動神経抜群《ばつぐん》の隠《かく》れハイスペックキャラだ。気弱なところさえ乗りこえられれば化けるのでは、と期待されている。

「は〜つかれたぁ。ねえ風真、今日のステージも見にきてくれてたね、あの風真推しの子」

床《ゆか》にへたりこみながら、風真へと話しかけているのは、灰賀一騎。

イメージカラーはライトブルー担当。

人あたりのいいなつっこい笑顔《えがお》が特徴《とくちょう》だ。

年相応の天真爛漫《てんしんらんまん》な歌声にくわえて、力強いがなりや、フレーズ終わりのぬけるような吐息《といき》が魅力《みりょく》的だと、早くもファンの支持を得ている。

「きてたなー。しかもまたうちわ新しくなってた。あれどうやってつくるんだろーな？　スゲーうれしいわ」

白雪風真はイメージカラーのピンク担当。

メイクにスカートといういでたちに、高音域を得意とする中性的な歌声が特徴的だ。

だがそれだけでなく、もともともっている華《はな》やかな存在感と、女装姿なのに男らしい言動が「カッコかわいい」と、熱烈《ねつれつ》なファンがつきはじめている。


「ああ、あれだろ？　ドルチェ部屋のとなりに住んでるっつーファンの子。すごくね？」

三本目のボトルに口をつけながら、ギリシャが言う。

「ぶっちゃけはじめはよ、むこうも舞《ま》いあがって、なんかしら風真にアタックしかけてくんじゃねーかとオレっち心配してたわけよ。推しがとなりの部屋に出入りしてんだぜ？　出待ちして、サインください！　とか、握手《あくしゅ》してください！　とかホラ、あんじゃんふつう？」

「だよなー」

「なのにそれがねえ！　ファンの鑑《かがみ》だよな！」

ギリシャが「感心感心」とあごをさする。

そんな彼らのようすをイメージカラー・パープル担当の塔上沙良は、スタジオのすみっこから気だるげに——いや、気だるげどころか布団《ふとん》にもぐりこんで、かんぜんに寝《ね》っころがりながらながめていた。

（……サインもらうどころか、むしろすごい勢いで逃《に》げてるけどね）

話題にのぼっているファンの子なら、風真と遭遇《そうぐう》しそうになるたびに、まっ赤になって逃げだしているのを知っている。

遠くにネコを見つけたネズミのごとく、風真たちが気がつくまえに、猛《もう》ダッシュでいなくなってしまうのだ。

風真のことが好きなのか嫌《きら》いなのか、どっちなんだ、とふしぎに思う。

――ちなみになぜ知っているかといえば、沙良が練習をサボっているからである。

あるときはマンションの植えこみのかげでぼんやりしていたり、あるときは廊下の死角スペースで昼寝をしていたり……。

風真たちと行動を共にしていないから、のぼせた顔で逃げる例の女の子がよく見えるのだ。

「オンとオフに気をつかってくれてるってことかな。だいじにされてるね、風真」

一騎が風真の顔に流れてきた汗をふいてやりながら言う。

ファンはよくわからないが、風真を一番だいじにしているのはこの一騎でまちがいないと、沙良は思う。

なんでも、ふたりは幼なじみなのだとか。

しかも一騎が幼いころ家庭になにか問題をかかえていて、つらいときにずっと支えてくれたのが風真だったらしい。

くわしくは沙良も知らないが、それがあって一騎はいま、逆に風真を全力で支えようとしているのだとかいう話だ。


「そういや、あのうちわも握手会とか小さいイベントには持ってくるけど、ライブのときには持ってこないんだよな。邪魔《じゃま》になるかもって配慮《はいりょ》っぽいし」

「ライブのときは風真カラーのペンライトだよね」

「そーなんだよ。なんかあれだよな、だいじにされてるぶん、がんばらなきゃって思うんだよな」

風真が言うと、「だなあ」とギリシャが相づちを打つ。

「いつまでも『オープニングアクト』じゃ、応援《おうえん》してくれるファンたちに申しわけたたねーよなぁ」

「前座ですからね……」

ドルチェはまだ、結成から数か月しかたっていない、かけだしのアイドルだ。

そんな新人に単独《ワンマン》ライブなど行えるはずもなく、あたえられるステージといえば、まだまだオープニングアクト――つまり知名度のあるアイドルの前座ばかりだ。

だから、基本的に会場の観客たちはドルチェを見にきたのではなく、別のメインアイドルのためにチケットを購入《こうにゅう》してきている。

オープニングアクトでの歌やパフォーマンスは、客にとっては見たいテレビのあいまに流れるCMのようなもの。

あるいは、映画上映の冒頭《ぼうとう》に流れる予告編でしかないのだ。

「くっそー早く売れてぇなー！」

「売れたいやつがなんで坊主《ぼうず》にするんだよ」

「いーだろ、着《き》せ替《か》えがきくし便利だろぉ。つか風真、おめーだってヅラじゃねーか」

「ヅラって言うな！　これは部分ウィッグっつーの！」

ギリシャと風真がじゃれあっているところへ、席を外していたダンス指導の先生がもどってきた。

パンパンと手を叩《たた》く。

「はいはーい、休憩《きゆうけい》終了《しゆうりよう》よ！　さあ振《ふ》りつけ、もういちど通してやるから集まってちょうだい！」

「よろしくお願いしますっ！」

よーしじゃあ、と声をあげかけて、先生は布団で寝ている沙良を見て、眉《まゆ》をつり上げた。

「こら塔上くん、休憩終わりなんだからこっちきなさい！」

「……けっこうです。いまイメトレ中なので」

寝てるだけだろぉ？　というギリシャの声は、とりあえず黙殺《もくさつ》する。

「もう！　困るわよ、そういうの。さっきもお母さまから、くれぐれもよろしくってお電話いただいたばかりなんだから！　しかも塔上くん、お母さまからのお電話にぜんぜんでないらしいわね？　なんとかしてほしいってお母さまから――」

イラッとした。

（〝お母さま？〟ボクの母親がダンスのレッスンに、なんの関係がある？）

布団をはねのけ、立ちあがる。

「音楽、かけて」

ピリリと張りつめた沙良の表情に気圧《けお》されたのか、先生がオーディオのスイッチを入れた。

同時に、沙良も自分の中のスイッチを入れる。

振りつけなんて、とうに覚えていた。

流れるメロディーに意識を落とせば、体は自然に動く。


「……スゲェ、キレッキレじゃねえか沙良！」

うぉおおおおお！　と謎《なぞ》の奇声《きせい》をあげるギリシャは黙殺する。

「これでご満足ですか、先生？　じゃあボク帰りますので」

「え、あ、ちょ……ちょっとまって塔上くん……っ」

お母さまが、という声がまだきこえたが、ふり返ることなく沙良はダンススタジオをあとにした。


（どいつもこいつも……）

いら立ちをまぎらわせるようにスマホを手にして、沙良は後悔《こうかい》した。

着信履歴《りれき》には、ずらりと母親の名前がならんでいた。

目を背《そむ》けるようにポケットにねじ込むと、すかさずヴーッヴーッと着信を知らせるバイブレーションが鳴る。

舌打ちをしたところで、マンションポーチの小さな噴水《ふんすい》が目にとまった。

沙良はためらいもなく、着信を叫《さけ》ぶスマホを水の中に投入する。

そのままなにごともなかったかのように、裏通りへと足をむけた。

——一人暮らしをさせてほしい!

父親と母親が日本からニューヨークのブロードウェイへと活動拠点《きょてん》をうつすと決めたとき、沙良は両親にむかって、はじめてそう頭をさげた。

おどろく両親に、沙良は渾身《こんしん》の演技力でうったえたのだ。

——どうしても日本にのこって、やりたいことがあるんだ。

両親から演技指導が入らなかったのは、これが人生初のことだった。

おろおろする母と対照的に、父は満足そうに笑った。

その笑《え》みがはたして、演技が完ぺきだったことに対するものなのか、一人息子《むすこ》にやりたいことができたことを素直《すなお》によろこんだものだったのか、それは知るよしもない。

どちらでもいいと、沙良は思う。

願いは叶《かな》ったのだ。

ニューヨークから遠く離《はな》れた、日本での一人暮らしは許可された。

「……やりたいこと、ね」

本当は、そんなものなにもない。

ただ一心に望んでいたのは、両親から離れること。

ただそれだけだ。

――沙良は私たちの子どもなんだから。

物心ついたころから延々ときかされてきた言葉が、耳の奥にこびりついて離れない。

もし沙良の家庭がありふれたふつうの家庭だったなら、それは親が子どもを愛する言葉だとして、うけとれたかもしれない。

けれど、沙良は芸能一家だ。

父は有名ミュージカル俳優。母はもと歌劇団トップ娘役《むすめやく》。

そんな両親が沙良にもとめつづけたものは、まぎれもなく自分たちとおなじだけの才能だった。

沙良に、同年代の子どもたちと遊ぶヒマはなかった。

一般的《いっぱん》な家庭の子どもが遊んでいるあいだ、沙良はピアノにバイオリン、歌に演技にダンスにと、毎日毎日レッスンに明け暮れた。

子役デビューだって、望んでしたことじゃない。

すべては親が沙良にもとめ、勝手に敷《し》いたレールだった。

——ボクという存在は、なんなんだろう？

学校では、とうぜん浮《う》いていた。

なんのために学校に行き、なんのためにきびしいレッスンをこなし、なんのためにテレビに出るのかわからない。

とうとつに湧《わ》いた疑問への答えは、『あの二人の子どもだから』しかなかった。

——沙良は私たちの子どもなんだから。

そうだ。そのとおりだった。

塔上沙良という存在は、『あの二人の子ども』でしかない。

実際、沙良がもっている才能のすべてはあのふたりから受け継《つ》いだものだ。

歌もダンスも演技も、なにもかも。

あの鏡張りのダンススタジオで踊《おど》ると、よくわかる。痛感する。

鏡の中にいるのは父であり、母だった。


（ホント、忌《い》ま忌ましいね……）

ダンスする自分が嫌《きら》いだ。

歌う自分が嫌いだ。

なにをやっても両親の影《かげ》がちらついてくる。

それなのに結局、芸能界にしか居場所がない自分が、一番嫌いだ。


「――あの」

ためらいがちにかけられた声に、ふり返った。

「落としましたよ？」

そう差しだされたのは、さっき捨てたばかりのスマートフォン。

差しだしていたのは、さっき話題にのぼったばかりの風真ファンの女の子だった。

うすピンク色のハンカチにつつまれて、スマートフォンはまだヴーッヴーッとしつこい着信を告げている。

(……チッ、完全防水だったか)

舌打ちをして相手を見る。

よけいなことをしてくれた。

「君、やっぱりストーカー?」

いら立ちまぎれに冷たい視線をおくると、彼女は目をまん丸くした。

「え?」

「ボクがだれだか、知ってて追ってきたんでしょ? わざわざこんなものひろって」

「べ、べつにそういうわけじゃありません! それに、わたし風真くんファンなんで! ぜんっぜん塔上くんじゃなく!」

「……君、それはそれで失礼じゃない?」

「えぇっ、そ、そっちこそじゃないですか……! そういえば前もストーカーって言いましたよね!?」

「ストーカーじゃないならなんなの？」

「あれはたまたまです。ただの偶然《ぐうぜん》！　いくらドルチェが好きだからって、そこまではしません。わたし、ファンマナー守りますから。風真くんにきらわれたくないので！」

たしかにな、と思う。

いまのところ、おなじマンションなのをいいことに風真に近づこう、なんてことはしていない。

それどころか、風真から逃《に》げているのを知っている。

「……ひろわなくてよかったのに。捨てたんだよ、それ」

言うと、彼女はすこしだけ困った顔をした。

「――ホントは、知ってます。捨てるとこ見ちゃったので」

「じゃあなんで」

「あの、でも水の中でもずっとブーブー鳴ってるのがきこえたから、そのままにしておくと個人情報とか、あぶないかなと思って」

こんどは沙良が目を丸くする番だった。

「じゃあ、ようするにボクのこと心配してひろってきてくれたってわけ？」

落としましたよ、と声をかけたのは、うけとるときに沙良が気まずくならないようにか。

「はい」とは言わず、彼女はただにこっと優《やさ》しくほほ笑《え》んだ。

（君、Tシャツぬれちゃってるじゃないか）

スマホをひろうさいに、水がかかってしまったのだろう。

肩《かた》でさらさらとゆれる髪《かみ》からも、ちょっぴり水滴《すいてき》がたれている。

「……ばかじゃないの？」

ほっときゃいいのに。

スマホを不用心に捨てようとしたのは沙良だ。

自分が悪い。なのに。

「ば、ばかって……。だって個人情報はだいじですよ？　アイドルのスマホなんて、きっと即《そく》転売です！」

「君ね、おせっかいなの？　ええと……王子さんだっけ？」

「えっなんで知ってるんですか？」

相手はおどろいた顔をしたけれど、じつは言った沙良本人が、一番自分におどろいていた。

「……ポスト。あんなところにしっかり苗字《みょうじ》書いてるの、君の家くらいだよ。それこそ個人情報でしょ」

さらりと答えたけれど、心の中はみょうに動揺《どうよう》していた。

そうだ。

彼女の苗字はポストで知った。それはまちがいない。

あの、ドルチェ部屋をあたえられたはじめての日、廊下《ろうか》でこの子に会った。

握手《あくしゅ》会の日だ。

でも、会った瞬間《しゅんかん》に思ったのは、『握手会にきてたファンの子だ』ではなく、『あのオーディションのときの子だ』だった。

風真ばっかり見て、沙良をまったく目にうつさなかった子。

沙良がトスしたブーケをはじき落とした子。

なんだか腹がたって、さらに腹をたてさせる相手の名前を知っておきたくて。

帰りぎわ、ポストの苗字をちらっとだけ見た。

でも、それだけだ。
覚えていようと思ったわけじゃない。
なのにいま、自然と口からその名前が出ていた。

（なんで……？）

ちら、と相手の顔を見る。
平凡《へいぼん》な顔だ。身長も平均的。
着ている服も、おしゃれとは言えない。
平凡なTシャツに、スポーツメーカーのハーフパンツ。
クツもいかにも運動しやすそうな、ランニングシューズだ。

（これっぽっちもタイプじゃないね）

沙良は自他ともにみとめる面食いだ。
ギリシャからは「もっと内面も見ろ」とか言われたが、外見がよくて内面もよければ、それにこしたことはないと思う。

ちなみにギリシャのタイプをきいたところ、「やっぱ胸がデカイ子だろ!!」と力説してたので、もうあいつの話はいっさいマトモに相手しなくていいと思う。

「君、肌荒《はだあ》れしてるよ」

「なんですかとつぜんっ!」

ぎょっとしたように彼女は飛びのいた。

「目の下もすごいくま。もうすこし美容に気をつかったら? 女の子なんだし」

「うぅ、塔上くんはもうすこし、べつなところに気をつかったほうがいいと思います」

うらめしそうにそんなことを言うが、実際彼女の目の下はかなりひどいことになっている。コンシーラーでごまかしてはいるが、そうとうな寝不足《ねぶそく》に見えた。顔色だって悪い。

「もしかしてそのカッコって、いまからランニングでもする気? 走ってないで寝たら?」

「大丈夫《だいじょうぶ》です。ランニングは毎日やるって決めてるんで」

「ダイエット? ムダだと思うけど」

「ちがいますっ! ダイエットじゃないし、ムダじゃないですっ。だからもー、もうすこし気をつかってくださいっ。女の子に対してその言いかた！」

彼女はハムスターのように頰《ほお》をふくらませているが、沙良としてはしっかり気をつかったつもりだった。

寝不足は肌も荒れるし、太りやすくなる。

ダイエットなら、くまをつくって走るよりも寝たほうがいい。

沙良が口をつぐむと、彼女はふぅっと息をはいた。

「……まあ、たしかにカロリー消費を期待してないわけじゃないんですけど……」

「なんだ、やっぱりダイエットでしょ」

「でもそっちがメインじゃないんですよ。インスピレーションをさがしながら、あっちの川沿いをずっと走るんです。美は自然のなかにあるっていうのが、おじいちゃんの教えで」

「インスピレーション？　美？」

「そうです。頭をからっぽにして走ると、川のキラキラした光だったりとか、水鳥の羽の一枚だったりとか、ちぎれて流れる雲だったりとか、そういうものの美しさがストンって直接心に入ってくるんです。そういうのが、新しいショコラのアイデアにつながるっていうか」

「ショコラのアイデア……？」

「はい。わたし、ショコラティエになるのが夢なんです」

彼女はちょっとだけ恥《は》ずかしそうに、けれどもしっかりと沙良の目を見て、にっこりと笑って答えた。

(……平凡……よりはちょっとだけマシかな)

目をそらして、そんなことを思う。

「ショコラティエにとって一番大事なのは、センスとオリジナルなアイデアなんです。もちろんカカオの香《かお》りを生かす高度な技術も必要なんですけど、風味や食感だけじゃやっぱりだめで……」

「ふうん」

「あ、ごめんなさい。興味ないですよね、こんな話」

「まあ、甘いものはけっこう好きだけど」

そう答えると、彼女はぱあっと顔を輝《かがや》かせた。

「じゃあ、この近くに『Ｍｉｍｉ』っていうショコラ専門店があるので、ぜひ！　わたしのおじいちゃんのお店なんです」

「気が向いたらね。まあ話はなんとなく分かったから、ランニングをやめたらとは言わないけど、せめて夜はちゃんと早く寝たほうがいいんじゃないの？」

「そうなんですけど、夜は夜で勉強が」

「ああ。赤点とったとか？」

「ちがいますっ！　やりたいことやるには、いろいろクリアしなくちゃいけないハードルがあるんです。おじいちゃんのショコラと、ドルチェのイベントが人質《ひとじち》にとられてるんで」

「は？」

「条件があるんです、親からの。わたしのおじいちゃん、最高のショコラティエなんですけど、いろいろあって、お店やめようかなぁなんて言うから、わたしちょっとでもおじいちゃんのこと助けてあげたくて、お店のお手伝いしてるんです」

よっぽど好きなのだろうな、と思う。

そのおじいちゃんのことも、ショコラのことも、お店のことも。

表情でわかる。

「でも、お店のお手伝いをするせいで成績が下がったらダメだって、お母さんが」

「まあそうだろうね、学生なんだし。で、ドルチェのイベントも成績が下がったら行けなくなるんだ？」

「はい。ぜったいそれはイヤなんで！　寝不足では死なないけど、風真くんに会えなかったら死んじゃうんで！」

「……ふーん」

真剣《しんけん》な顔でぐっとこぶしをにぎる相手を、冷ややかに見る。


「そんなに風真が好きなんだ？　ボクのブーケを叩《たた》き落とすくらい」

彼女は「あっ！」という顔をした。

それからすこし顔を赤くして、ぺこぺこと頭をさげる。

「あれは……わざとじゃなくて、でも、ごめんなさいっ」

「ボクに気がつかないくらい夢中って顔だったしね」

「はいっそうなんです！　夢中でした！　もう風真くんしか見えなくって！」

「……」

泣きそうな顔が、こんどはパッと明るくなる。

そのキラキラとした目に、なんだかむっとした。

「もちろんドルチェ全体を応援《おうえん》してます。がんばってください！　――それじゃあ、失礼します」

もう一度頭をさげて、彼女はランニングに出かけて行った。

ヴーッヴーッとスマホが鳴る。

話をしているあいだも、何度か鳴っていた。

けれど彼女は「電話に出たら？」というようなことをひとことも言わなかった。

そのことに、自分でも不思議なくらいほっとしていた。

もしかしたら彼女は沙良がスマホを捨てたところを見ていたから、なにかあるのだろうと察して、気をつかってくれたのかもしれない。

着信が止《や》んだすきに、バイブレーション機能を切る。

ほんとうなら、着信自体を拒否《きょひ》にしてしまいたいくらいだった。

けれども、そうするとすぐに飛行機ですっ飛んでくるだろう。

よけいなことはしないほうがいい。

「……いいかげん子離《こばな》れしてよね」

舌打ちをして歩き出す。

「ん……？」

裏通りに出る手前に、なにか落ちている。

ひろってみれば、それは『王子宇瑠』と名前の書かれた小さなメモ帳だった。

Stage 3
灰《はい》賀《が》一《かず》騎《き》
CV: 坂田明
年齢 14歳
身長 165cm
血液型 O型
趣味 料理、家庭菜園、ポエム
特技 ふわふわのホットケーキが作れる
長所 人の長所を見つけるのが得意
短所 人の意見に合わせがち
誕生日 7月7日

stage 3

「いらっしゃいませ〜！」

「お、宇瑠ちゃん今日も元気だね」

「雪村さん、いつものボンボン・ショコラですか？　今日は新作がありますよ！」

「いいねぇ。嫁《よめ》がここのショコラがお気に入りでね。種類が多いからあきないって」

「ありがとうございます！」

「緑川さん、いらっしゃいませ！　カフェですか？　奥の席へどうぞ。今日は深い風味のガトーショコラがおすすめですよ」

「はい、こちらのヌガーは、当店自慢《じまん》のプレミアムコーヒーの風味をそのまま閉じこめたショコラで……」

『Mimi』が一番にぎわうのは、週末の午後だ。

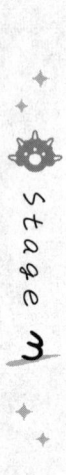

ちょっとどこかに出かけた帰りのティータイム、あるいはちょっとした訪問の手土産《てみやげ》に、ショコラを求めるお客さんが続々と来店する。

宇瑠は笑顔《えがお》を絶やさず、ショーケースのショコラを紹介《しょうかい》し、味やカカオの質などの質問に答えたりしながら、注文をうけたショコラをていねいにラッピングする。

お会計は祖父がやるけれど、カフェスペースの注文を取りに行くのも宇瑠の仕事だ。

席に案内し、注文をきき、祖父に伝える。

ショコラ関係は祖父がつくるけれど、簡単なドリンクやケーキを器に盛りつける仕事は宇瑠がやる。そして、空いた席をかたづけるのもまた、宇瑠の仕事だった。

忙《いそが》しさのピーク時には、頭のなかはパニック寸前。

それでもショーケースにならんだショコラをみつめるお客さんの、夢見るようなキラキラした表情を見ると、ぜんぶが報《むく》われたような気分になる。

(風真くんもそうなのかな？)

ふと、そんなふうに思う。

風真はいつ見ても、ファンに対して笑顔を絶やさない。

握手会《あくしゅ》やどんな小さなステージでも、たとえそれがたった三分の前座でも、全力のファンサービスを見せてくれる。

宇瑠はいつもその姿に夢中になるし、あこがれるのだ。

でも……と宇瑠はちょっとだけ顔をうつむける。

最近、心が痛むできごとがあった。

撮影《さつえい》禁止の握手会で風真が盗撮《とうさつ》され、その画像がSNSで拡散されてしまったのだ。

〈女装でアイドルとか、まじムリ〉

そうつぶやいて投稿《とうこう》した人は、きっと軽い気持ちでやってしまったのだろう。

軽い気持ちで盗撮をして、軽い気持ちで他人を否定する投稿をした。

でも、どんなに軽い、本人すら意識しないような小さなものでも、悪意というのは増殖《ぞうしょく》する。

風真への否定的なつぶやきは面白《おもしろ》半分で拡散されて、瞬《また》く間にひろがった。

〈スカートとか、どうせ注目を浴びたいだけ〉

〈生理的にムリ。消えて〉

〈は？　なにこれキモい〉

それらを見たとき、宇瑠はゾッとした。

多くが白雪風真を、彼の歌や活動を、一生懸命《いっしょうけんめい》にがんばる姿を、ひとつも知らないような人たちからの誹謗《ひぼう》中傷だった。

風真のことをなにも知らない人たちが、匿名《とくめい》というずるい立場で風真を叩《たた》いている。

——悔《くや》しい……。

強くそう思った。

そして、こういうときこそ、ファンが風真をささえなくっちゃと思うのだ。

（ファンがやるべきことは、批判に反応することじゃない。風真くんのいいところをずっとずっと好きでいることなんだ！）

風真ファンはすごいねって言われたい。

そして言うのだ。「風真くんがお手本だからだよ！」って。

ポケットをぽんと叩く。

そこに入っているのは風真の缶《かん》バッジ。

宇瑠にとってのパワーが出るお守りだ。


「よくがんばったね」

客足が落ちついたころ、カフェスペースのカウンターで洗い物をしていると、祖父がいたわりに満ちた顔で宇瑠にそう言ってくれた。

お店の中には甘やかなカカオの香《かお》りとともに、深いコーヒーの香りがただよっている。

「つかれただろう？」

「ううん平気。風真くんがいるかぎり、わたし最強なんだ！」

風真の笑顔を思い出して、にっこり笑う。

それをみた祖父も、しわを深くして笑ってくれた。

まるで子どもを相手にするみたいにして、宇瑠の頭をなでてくれる。

小学生じゃないのにと思うけれど、やっぱりなんだかくすぐったくてうれしい。

けれど、その手の動きが急に止まった。

カランカランとお店のドアにつけられたベルが鳴って、一人のお客さんが入ってきたのだ。

（あ、〝落とし物さん〟だ）

あの、ちょっと困ったお客さんだ。

「いらっしゃいませ」

接客に向かおうとすると、祖父がそれを止めた。

「――宇瑠は、もう帰りなさい」

「え、でも」

「宇瑠はアルバイトじゃない。あくまでお手伝いなんだから、帰りなさいと言われたら帰りなさい」

さっきまでとはうって変わって、いつにない祖父の断固とした態度におどろいた。

まるで、あのお客さんと関《かか》わらせないようにしているみたいだった。

（そんなヒドイお客さんかな？）

正直、ヒドイお客さんならもっとほかにいる。

中学入学時にいた女子たちのように、ショコラティエのつくるショコラを百円の板チョコとくらべて「高い！」となじったり、ケーキに虫が入っていたから代金はタダにしろとごねたりするお客さんもいる。

とつぜん怒鳴《どな》りちらしたり、お勘定《かんじょう》のときにお金を投げてよこすような人だっている。

そういうときは祖父がかならず助けてくれるけれど、やっぱりこわい。

胸のなかがぎゅっと縮むような感じがして、すくんでしまう。

それにくらべたら、物を落として困らせるだけなんて、かわいいものだと思うのだけれど。

「言うことをきいてくれるね？」

「……うん。わかった」

本当は、わかったようなわからなかったような感じだったけれど、祖父がそうしたいなら従おうと思った。

「じゃあ、おじいちゃんお仕事がんばってね」

エプロンを外すとき〝落とし物さん〟と目が合ったから、一礼をする。

顔をあげてもまだ、〝落とし物さん〟は宇瑠をじっと見ていた。


空調のきいた店内にいるとつい忘れてしまいがちだけれど、今は七月。

外は蒸《む》す暑さだった。

日よけの帽子《ぼうし》とカーディガンを装着して、早足で帰る。

祖父には内緒《ないしょ》だけれど、もうすぐテストだ。

このあいだ終わった実力テストとはまたべつ、今度は夏休みを目前にした校内模試だ。

（中三ってテストばっかりで、ホントいやになるなぁ……）

春にドルチェに出会って、あっというまに毎日が過ぎた。

生活の基本は、ドルチェ、ショコラ、勉強。

基本というか、ほぼこれしかない。

夏休みになったらのんびりできる時間が増えるかというと、学校のかわりに夏期講習がはじまるから、そうでもない気がする。

（しっかしついてないなぁ、風真くんはあんなことになるし、せっかくつくった暗記帳もなくしちゃうし）

暗記帳は手づくりだった。

英単語や歴史年表、因数分解の解きかた、二次方程式、ｅｔｃ……とにかく勉強でニガテなところをぜんぶ書き写した、テスト対策用のメモ帳だ。

（せっかくかわいくデコってたのに。あーあ、いまからなんてつくり直せないし、お風呂《ふろ》での勉強どうしよう。ランニング中の信号待ちでも必須《ひっす》だったのになぁ）

それにあれには、ランニング中にひらめいたショコラのアイデアもメモしてある。

たくさんたくさん、地道に毎日つみあげてきたアイデアなのに、失《な》くしてしまうなんて本当についてない。

帰り道、どこかに落ちてないかとさがしながら歩いたけれど、やっぱり見つからなかった。

「おかえりー。なんか早くない？」

「うん、今日はおじいちゃんがもういいって」

家のなかには妹の六花《りっか》しかいなかった。

不動産会社勤めの父親は基本的に平日休みなので、週末は仕事。

母親も土曜はパートだ。

「やったね、じゃあお昼寝《ひるね》できるじゃん。おねえちゃんきのうも夜中まで勉強してたでしょ？」

「寝てるヒマなんてないから。あ、ショコラサブレ食べる？　形が欠けて商品にならないやつ、おじいちゃんからもらったんだけど」

「太るからいらなーい。おねえちゃんもやめときなよ、三日に一回はショコラの試作なんかしちゃって、結局自分でつくったやつ、自分でぜんぶ食べるんだから。ぜったいカロリーやばいよ」

あきれたように言われて、バッグにつっこみかけた手を引っこめた。

「えーだいじょうぶだよ、走ってるもん」

「はいはい、走ったくらいで消費できるカロリーならいいだろうけどね、横に成長しても知らないから」

──ダイエット？　ムダだと思うけど。

ふいに、沙良の言葉が耳によみがえって、宇瑠は顔をしかめた。

(失礼な。ぜんぜんムダじゃないし！)

なんだか腹が立つ。

ドルチェの公式サイトでは、塔上沙良はクール系アイドルと紹介《しょうかい》されているけれど、あれではクールというよりイヤミ系じゃないかとすら宇瑠は思う。

「そういやおねえちゃん、風真くんに話しかけたりできた？　せっかくお隣《となり》なんだから、このチャンスをものにしなくっちゃダメだよ」

「は……？　なに言ってんの、それってマナー違反《いはん》だから！　お父さんだって騒《さわ》ぐなって言ってたでしょ」

「騒がないで静かにアタックすればいいじゃん。いちいちCD買って握手会《あくしゅ》行ったり、たった一、二曲のためにライブのチケット買ったりとか、投資しすぎ。コスパ悪すぎ。そこの廊下《ろうか》で待ってればタダじゃん」

「ばかばか！　ヘンなこと言わないで！　あのファンの子マナー悪いなって思われるくらいなら、毎月のお小遣《こづか》い全額投資したほうがマシに決まってるでしょ！」

「とか言って、じつはたんに風真くんのまえに出るとまっ赤になってアガっちゃうから、恥《は》ずかしくて逃《に》げてるだけじゃん」

「だけじゃないし！」


べっ、と舌を出して、宇瑠は自分の部屋へと向かった。

妹の六花は二人組アイドルLIP《リップ》×LIP《リップ》の熱烈《ねつれつ》なファンで、その二人がとなりに引っ越《こ》してくればよかったのに、といまだにぼやいている。

そしてドルチェにはまるで興味がない。

興味がないからそんなテキトーなことが言えるのだ。

たまったものじゃない。

宇瑠は部屋に入るなり、即《そく》机に向かった。

こうでもしないとなんだかんだと自分で理由をつけて、勉強を後まわしにしてしまうからだ。

ショコラサブレをかじりながら、開きっぱなしだったテキストに目を走らせた。


「……ふぁ……？　ああ、机で寝ちゃったんだ……」

あれからテキストに向かいつづけ、夜も勉強しながらごはんを食べた。

お風呂に入って寝る準備をして、ベッドに入るまえにすこしだけショコラのアイデアを考えよう……と思ってそのままねむってしまったようだった。

ショコラのメモ書きは、『ボンボン・ショコラでなにか面白《おもしろ》いことをしよう！』とだけ書いて終わっている。


（超《ちょう》ガリ勉みたい、わたし）

でも中三まで力を入れて勉強なんてしてこなかったから、母親がもとめる成績をクリアするには、がむしゃらにがんばるしかない。

（おじいちゃんのお店とショコラ！　それにドルチェのイベントのために！　夏は音楽フェスとかイベントたくさんあるもんね！）

ライブやイベントに欠かさずいくには、お小遣いだけでは足りない。

親の協力が必要だ。

そして親の協力をとりつけるにはやっぱり、勉強ちゃんとやってます！　という事実が必要だった。

「よーしがんばる――ってやだ、もう七時!?　ランニングいかなきゃ！」

あわてて部屋を飛び出した。

「おはよう宇瑠、ごはん食べる？」

部屋から出ると、ちょうど母親がフライ返し片手にきいてきた。

「あとで！　帰ってきたら食べるから！」

顔を洗って、着がえるあいまにスマホをチェックする。

SNS上には、フォローし合っているドルチェ仲間たちの風真応援《おうえん》メッセージがあふれていた。

朝から気分が上向きになる。

（応援の祭壇《さいだん》つくってる人もいる。祭壇って……！　わたしもやろっかな！）

風真カラーのゴムで髪《かみ》を結びながら、画面をスクロールする。

(あ、みるくちゃん、こんな朝っぱらからモンブラン食べてる自撮《じど》りとか!)

ハニーブラウンの髪の毛を巻いてしっかりセットして、メイクもバッチリ。

写真映《ば》えするリッチ系のモンブランに、使うフォークまでデザインが凝《こ》っている。

(リア充《じゅう》だなぁ。かんたんな日焼け止めだけぬって外に出ようとしてるわたしとは大ちがい)


「おねえちゃんおはよ」

「ねえ見て見てこれ、超かわいくない?」

急いではいたけれど、つい六花に画像を見せた。


「なにこの人、読モ?」

「ちがうよ、SNSのドルチェ仲間」

「ふーん、こんなかわいい子いるんだったら、おねえちゃんじゃてんで相手にならないじゃん」

「あのね、わたし風真くん神推《お》しだけど、ガチ恋《こい》勢じゃないからね」

六花はぜんぜん話をきいていない。

それどころかなにかを思い出すように、画面を見つめながらしきりに首をひねっていた。

「あれー、でもこの顔どっかで見たことあるような」

「え、もしかしてほんとに読モ？」

「うーん、ちがくって、なんか動画サイトとかで活躍《かつやく》してる女の子に似てない？　友だちのスマホで見たことあるよ、やっぱ。ほらこの画像とか……」

言って、六花は宇瑠のスマホを手早く操作する。

あらわれたのは、みるくちゃんとおなじ顔をした女の子のSNSアカウントだった。

「？　どういうこと？」

「おねえちゃん鈍《にぶ》すぎ。これってつまりあれでしょ、画像のパクリ。ほら、こっちが本家のアカウント。本人認証《にんしょう》ついてるじゃん。で、このみるくとかいう子のは、本家から画像をパクって自撮りですってウソついてるだけ」

へーっと感心の声が出た。

そういうなりすましというか、画像の盗用《とうよう》があるというのはきいたことがあったけれど、身近なところで起きるとは思っていなかった。

「なんでそういうことするんだろうね？」

「さあね。でも関《かか》わらないほうがいいよ。ネカマだったら困るでしょ」

六花の忠告《ちゅうこく》をききながら、玄関《げんかん》でシューズのひもを結ぶ。

「SNSのむこうには顔の見えない色んな人がいるんだから、おねえちゃんも気をつけて？ 女子中学生なんて、かっこうの餌食《えじき》でしょ」

「わかってるって。ちゃんと気をつけてるからへいき」

「風真叩《たた》きにも関わっちゃダメだよ？ 怒《おこ》らせて報復とかされたらどーする？」

「わかってるってば」

（わかってる……）

本心を言えば、ほんとうは風真を悪く言ってる人たちに、かたっぱしから反論したいと思ってる。

風真のために闘《たたか》いたい。

でも、こういう匿名《とくめい》の状態でだれかの悪口を言うような人は、「やめてください」とか「かわいそうです」「ひどいです」なんて言われたからといって、態度をあらためたりなんてしない。

そんな良心がある人なら、はじめからだれかの悪口なんて発信しない。

わかってる……。

（でも、わたし悔《くや》しいよ、風真くん）

そしていま、風真本人が一番悔しくて傷ついているはずだ。

――よし。

きゅっとくちびるを引きむすんで、世界に向けてひとりごとを発信する。

〈わたしは風真くんが大好きだよ！　#風真　#ドルチェ〉

「行ってきます！」

「行ってらっしゃい。熱中症《ねっちゅうしょう》には気をつけなさいよ」

「はーい！」

外へ出ると、空はまぶしいほどに青かった。
でも風があって、今日はそれほど暑くない。
「うん、ランニング日和《びより》！」
へんな寝《ね》かたをしたせいでこわばった体を、両手をあげてうんとのばす。
(風真くん、負けないで！)
ドルチェ部屋のほうへとそっと目を向けて、それから宇瑠は目をまたたいた。
(――ん？)
ドルチェのメンバーたちが使っている部屋は角部屋だ。
廊下《ろうか》もそこで行き止まり。
先はすこしだけひろがりがあって、非常階段へとつながっていた。
その、非常階段へつづくあたりから、謎《なぞ》の足がのぞいていた。
(えっと、だれの、足？)
ぴくりとも動かない。

しかもその足はだらんと力なくのばされて、つま先が天井《てんじょう》を向いていた。

「……だれか、いるんですか？」

遠いけれど、声をかけてみた。

反応がない。

（まさか、だれか倒《たお》れてる？）

熱中症には気をつけなさいよ、という母親の言葉がよみがえる。

「まさか……っ！」

禁断のドルチェ部屋のまえを横ぎってかけつけると、やっぱり人が倒れていた。

しかも見覚えのある顔だ。

あごの下で切りそろえられたサラサラヘアー、すっと通ったきれいな鼻筋、けぶるような長いまつ毛。

ドルチェのメンバー、塔上沙良だ。

彼はくったりと体を横たえて、動かない。

宇瑠はぎょっとして立ちすくんだ。

「と、とと塔上くんがし、しししんでるぅううう────っ!?」

どどどどどどうしようっ？

（熱中症？　熱中症？　そうだ救急車よばないと！）

「スマホ！　えっと、きゅーきゅーしゃ！　きゅー九九……ふあーっ救急車って何番だっけぇぇ──っ!?」

完全に頭の中がまっ白だった。

「──一九番でしょ」

「そうだありがとっ、一、一……」

最後の九を押しかけて、指が止まる。

「で、なんで救急車を呼ぶ必要があるわけ？」

「……あ。生きてた」

ぱっちりと目をひらいた塔上沙良が、宇瑠をものすごく面倒《めんどう》くさそうに見ていた。

ふはーっと力がぬける。

「なんだー、死んでるのかと思った。ぜんぜん動かないんだもん……人騒《ひときわ》がせな」

「人騒がせって、あのねえ。勝手に君が騒いだだけなんだけど。死んでるのか寝てるのかくらいわかるでしょ、ふつう」

なに言ってんだコイツ的な冷たい視線だ。

「で、ですよね……ごめんなさい。でもまさか、夏にこんなところで寝てる人がいるなんて、だれも思わないじゃないですか」

「部屋に入りたくてもカギがない」

「カギ？　ほかのみんなは中にいないんですか？」

「彼らなら下。スタジオでダンスの練習中」

「はあ、練習。……塔上くんは、こんなところで一人でなにを……？」

「寝てたけど？」

寝てた？

言葉の意味を理解するのに、ちょっとだけ時間がかかった。

「え、と、つまり、サボり……？　みんなは朝からレッスンしてるのに？」

おどろいたと同時に、正直、むっとした。

（うそでしょ？　……しんじられない……っ！）


「風真くんが、大変なときでもがんばってるのに、サボりですか？」

つい責める口調になった。

沙良はけむたそうに顔をしかめる。

「言っておくけど、ボクはもう曲の振《ふ》りつけならぜんぶ覚えてる。それに風真なら平気じゃないかな。ＳＮＳでの拡散の話でしょ？　なんにも落ちこんだりしてないよ、彼」

「平気な顔してるから平気だなんて、そんなのわからないじゃない!!」

感情が高ぶって、思わず大きな声が出てしまった。

「……大きな声出してごめん。でも、心の中でだれがどれだけ傷ついて苦しんでるかなんて、わからないよ」

まっすぐ目を見て言うと、すいとそらされる。

そういう態度が、すごくもどかしい。

「塔上くんはすごいと思う。ステージ見ててもダンスの切れとか断トツだし。舞台《ぶたい》なれしてるから、ミスもしないいし。たしかに、サボりたくもなるのかもしれない。──でも、失礼なこと言うようだけど、それじゃ『ウサギとカメ』で言うウサギだよ」

じろりと睨《にら》まれた。でも、ひるんだりなんてしない。

「塔上くん、負けず嫌《ぎら》いでしょう？　ライブで風真くんとかがすごくいい動きしたりすると、ぜったいすぐにそれを超《こ》えたパフォーマンスかぶせてくるし。でも、それっていっつも余力をのこしてるってことだよね？　ぜんぜん本気じゃない」

そういう態度は、本気で夢に向きあってがんばっている風真たちに、すごく失礼に感じる。

「たしかに、春にデビューしたばかりの風真くんたちと、すでに芸能界で活躍《かつやく》していた塔上くんとでは、実力に差があるのかもしれない。でも、風真くんたち四人はいっつも全身全霊《ぜんれい》で全力だよ！　みんなは自分たちが持ってる実力のぜんぶをライブにぶつけてくる。見ているファンの胸を打つのは、感動を与《あた》えるのは、なにも技術のうまさだけじゃないんだよ！」

それをわかってほしい。

でも。

「――本気なんて、出さない」

沙良が鼻で冷たく笑う。

彼と、自分の心の温度のあまりのちがいにがく然とした。

悲しかった。

風真がつらいときに一致《いっち》団結とならないドルチェが、とても悲しくてつらかった。

「……失礼しました。よけいなこと言って」

ぺこりと頭をさげて、つらさから逃《に》げるように去ろうとする。

しかしその腕《うで》を、沙良がつかんだ。

「これ。君のでしょ」

沙良がそう言って差しだしたのは、いつか失《な》くした暗記帳だった。

ぼうっとしながらマンションを出る。
玄関《げんかん》を出たとき青くてきれいだった空は、いつの間にかうす曇《ぐも》りになっていた。
裏通りを走りだすまえに、なんとなくパラパラと暗記帳をめくる。

（……あ）

パラパラ、パラパラ。
なんどもめくる。

『重要！』『要暗記』『受験に出る』
それは、見覚えのない赤文字と、蛍光《けいこう》マーカーのライン。
勉強のための要点がぬきだしてある。
最後のページには、折りたたまれたメモ書きがはさまっていた。

（『寝不足《ねぶそく》は記憶《きおく》力低下のもと。ちゃんと寝たほうが成績は上がる』『ぜんぶ暗記しようなんて、要領悪すぎ』『大事なところだけを覚えれば、時短』……？　これ、塔上くんが？）

——せめて夜はちゃんと早く寝たほうがいいんじゃないの？

そんな沙良の言葉を思い出す。

（まさか、寝不足を心配してくれた、とか…………？）

宇瑠なんて、たいして関《かか》わりを持ったこともない存在なのに。

足を止めて、マンションを見あげる。

「いい人、なんだよね……」

サボり魔《ま》だけれど。

宇瑠はぎゅっと両手で暗記帳をにぎりしめた。

迷わずマンションへともどる。

（わたしって、だめだ。だめなやつだ！　自分で言ったのに。平気な顔してるから平気とはかぎらないって！）

えらそうに言ったのに、自分だってそのことを失念していた。

沙良だって、平気な顔をしているから平気だなんてかぎらないのに。

あんな態度をしているからといって、仲間を心配していないだなんて、そんなこと言い切れなかったのに。

それなのに。

勝手に決めつけて、不愉快《ふゆかい》になって、勝手に失望していた。

赤の他人である宇瑠相手に、これだけの気づかいができる人が、仲間を心配していないはずがないのに！

（謝らなきゃ！）

ゆっくり開く自動ドアを、もどかしい思いでくぐる。


（あ、れ……？）

オートロックをあたふたと開錠《かいじょう》しながら、ふと、人のけはいを感じた。

そういえば、さっきからずっと、だれかが宇瑠の後ろを歩いていたような気がする。

ずっと。そして、いまも。


（だれだろう？）

ちらりと後ろを見ると、たしかにだれかがいる。

おなじマンションの住民だろうか。

そう思いながら、違和感《いわかん》はさらに強くなった。

そのだれかは自分ではオートロックに触《ふ》れず、宇瑠が開錠したのと同時に、一緒《いっしょ》になって中へと入ってくる。

面倒《めんどう》だったのか、タイミングよく宇瑠が開けたから、ついでに一緒に入ってきたのか。

それとも――。


「やあ」

ぴったりとした後ろから声をかけられて、背筋がぞわりとした。

声が出ない。

ただ、いまさらものすごい勢いで警戒心《けいかいしん》が湧《わ》いていた。

「きのう、なんで帰っちゃったの？　わざわざ会いに行ったのに」

ぎこちない動きで、ふり返る。

まじまじと相手を見た。

目がこぼれそうになるくらい、大きく見開いて。

ぴったりと宇瑠にくっついて立っていたのは、あの困ったお客さん、〝落とし物さん〟だった。

「俺たち、仲良しでしょう?」

(なにこれ、なにこれ、こわい……!)

「今日は何時からお店に来るの? 会いたくって、きちゃったよ」

悲鳴をあげたいけれど声が出ない。

宇瑠はただがむしゃらに走ってエレベーターに飛び乗った。

(早く! 早く閉じて!)

閉まるボタンを連打する。

でも、〝落とし物さん〟はゆうゆうとした足どりで追いついて、閉まりかけのドアに手をはさんだ。

「逃げるなんてひどいじゃないか。――それに、どうして自撮《じど》り送ってくれないの? ショコラの写真なんか、いらないんだよ」

(自撮り……? ショコラ?)

ドアが無情にも開く。

震《ふる》えてへたりこんだ宇瑠に、彼はスマートフォンの画面を見せてきた。

ＳＮＳのホーム画面だ。

見覚えのある、かわいいアイコン。

「……みるく、ちゃん……」

理解して、全身を恐怖《きょうふ》が駆《か》けめぐった。

この男が、みるくちゃんだ。

頭の中が真っ白になった。

「相互《そうご》フォローだし、仲良しだよね。俺たち」

「だ、だれか、たす……」

のどが震えて大きな声が出ない。

絶望的な気持ちになった、そのとき。

ガアンッ！

思わず体が飛びあがってしまいそうなほどの衝撃《しょうげき》音がした。

二人を閉じこめようとしていたドアが開く。

「──ねぇ、なにしてるの」

割って入ったのは、場ちがいに思えるほど冷静な声だった。

「……塔上、くん」

塔上沙良だ。

沙良はただ静かに、けれども刺すほどに鋭いまなざしで男をにらむ。

男は激しく動揺《どうよう》したらしく、あわてたように逃《に》げて行った。

ぼうぜんとする宇瑠に、沙良はふり返って手を差しのべる。

「大丈夫《だいじょうぶ》？　なにもされてない？」

「うん……へい、き」

出された手をにぎると、想像よりずっと温かかった。

ずっと、大きかった。

ずっと、優《やさ》しい手をしていた。

「あの、あ、ありが……、と」

ありがとう。

ちゃんとそう言いたかったのに、うまく言えない。

涙《なみだ》がつぎからつぎへとあふれてきて、ぼろぼろとこぼれ落ちる。

せっかく手を借りて立ったのに、また力がぬけてへたりこんでしまった。


「大丈夫。……大丈夫だから」

しゃくりあげて泣く宇瑠の肩《かた》を、沙良は気まずそうな顔をしつつも不器用になでてくれた。

きっと、こういうことをするのに慣れていないのだろう。

スマートにハンカチをとりだして涙をふいてくれた風真とはちがうけれど、そのぎこちない手つきが、彼の不器用な優しさをしっかりと伝えてくれていた。


「さっきは、ごめんなさい……っ」

呼吸が落ちついてから、頭をさげる。

「なんのこと?」

「わたし、なにも知らないくせにエラそうなこと言っちゃって」

「謝るようなことじゃないよ。正しいし」

　宇瑠は泣きはらした目で、ううん、と首をふる。

「わたしがまちがってたんです。表だけ見て、わかった気になって、批判して。自分が正しいって思いこんで、塔上くんのこと傷つけようとしました」

　暗記帳を、ぎゅっとにぎる。

「塔上くんは、ひとのことストーカー呼ばわりしたり、肌荒《はだあ》れしてるとか、美容に気をつかえとか、女の子に対してありえないくらい無神経な事ずけずけ言うし、すごく怠惰《たいだ》なサボり魔《ま》かもしれないけど……」

　沙良の表情が、ひくっと引きつる。

「君ね……」

「でも本当はおせっかいで、優しい性格なんだってわかったんです。塔上くんは、いい人です」

　沙良が、おどろいたように目を大きく見開いた。

「だから、さっきのことはごめんなさい。それと、このメモをひろってくれてありがとうございました。アドバイスも……って、塔上くん？　どうしました？」

「な、んでもない……」

沙良はたえられないとでもいうような表情で眉《まゆ》をよせ、片手で口もとを覆《おお》っていた。

その目もとがほんのり赤くなって見えるのは、気のせいだろうか。

「もしかして、照れてます?」

「はあ? そんなわけないでしょ」

ぎろりとにらまれて、宇瑠はあわてて背筋をのばした。

「ウソです。冗談《じょうだん》です」

「言っとくけど、ボク冗談とか通じるタイプじゃないから」

「みたいですね……」

ははは、とごまかすように笑う。

「――ほら」

「はい?」

「手」

手……、と無表情に差しだされた手を見つめる。

こういうことだろうか、とおそるおそる、沙良の手に自分の手をかさねる。

するとぐっと力強く引きあげて、立たせてくれた。

（意外と力、強いんだ……）

すらっとしているのに、やっぱり男子なんだ、なんて変なところに感心する。

礼を言う間もなく、反対側の手も差しだされて、宇瑠は戸惑《とまど》った。

戸惑いながら、もう片方の手もそちらに重ねると、沙良は微妙《びみょう》な顔をする。

「……いや、そうじゃなくて。スマホ」

「？」

「ご両親に電話したほうがいい。ボクが代わりにかけてあげるから」

まばたきをすると、沙良が「君が言うのは、つらいでしょ」と説明をつけ足した。

「……ありがとう」

やっぱり、優しい人だ。

宇瑠の両親に電話で事情を説明してくれている沙良を見ながら、宇瑠はそう心のなかで確信した。

それに、さっき宇瑠を助けてくれた背なか。

引きあげてくれた力強い腕《うで》。

（ちょっと、カッコ良かったかな……）

そんなふうに思う。

ぜんぜん、風真にはかなわないけれど。

Stage 4
豆《まめ》井《い》戸《ど》亘《ぎ》利《り》翔《しゃ》
CV：いそろく
年齢 15歳
身長 175cm
血液型 B型
趣味 ダンス・愛犬と戯れること・筋トレ
特技 ダンスの完コピ
長所 素直で明るく、積極的
短所 熱くなりすぎて周りが見えなくなることが多い
誕生日 8月9日

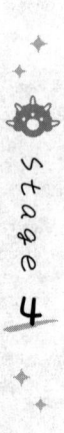

stage 4

「ストーカーぁ!?」

ギリシャの大声に顔をしかめながら、沙良はきのうの件についてざっくりとメンバーたちに説明をした。

「だったらしいね。会話からドルチェファンだって知って、SNSで女子中学生のフリをして近づいたらしい。最低だね」


あのあと無事——という表現が合ってるかどうかわからないが、男は警察に見つかり、きびしい警告をうけたという連絡《れんらく》があった。

メンバーたちにも説明をしておくのは、一応警戒《けいかい》しておいてほしいからだ。

男は反省しているらしいが、監視《かんし》の目は多いほうがいい。

「あーそれでかぁ、マンションの入り口に警備員が立ってるから、ちょいビビったわー」

「あれはうちのマネージャーが手配してくれた。念のためボクたちも気をつけろってさ。オートロックって言ったって、だれかが開けたときに一緒《いっしょ》に入ってくることができるから。実際そのストーカーもそうやってエレベーターまで入ってきたわけだしね」

マネージャーはドルチェを心配して手配してくれたが、警備員がいれば宇瑠もすこしは安心できるだろうと思う。

「大丈夫《だいじょうぶ》だったのか？　あの子」

風真が心配したように、表情を曇《くも》らせる。

「大丈夫って本人は言ってたよ」

（本当に大丈夫とはかぎらないけどね。顔色は悪かったし……）

大丈夫だからと青ざめた顔でムリに笑う宇瑠に、沙良は「どうせヒマだから」と言って、両親が来るまでつきそった。

きっと彼女は平気に見せるので精いっぱいで、沙良のシャツをずっとにぎりしめていたことすら、自分で気がついていなかっただろう。

（そういえば、サボるなって怒《おこ》らなかったな）

つきそうのに、「ヒマだから」という言い訳しか思いつかなかったとき、ああまた怒られるんだろうなと思った。

あるいは、「サボってるだけでヒマではないでしょ！」というような目だけでも向けられるのかと思った。

けれど予想に反して、それはなかった。

（まあ、一人になるのがこわかったんだろうけど）

けれど。

ちょっとだけ身構えた沙良を、宇瑠はこぼれそうなほどに大きく目を見開いて、じっと見つめたのだ。

それから、すこしだけはにかんだように笑顔《えがお》を見せた。

――やっぱり、優《やさ》しいんですね。

泣きすぎたせいか潤《うる》んだ目でそんなことを言われて、ふしぎとうろたえた。

じっと相手を見ていられない、そわそわとした妙《みょう》な感覚。

あれは……。

「しっかしよかったよなぁ！　サボりとかふざけんなって感じだけどよぉ、これが結果オーライってやつ？　役に立ったじゃねーの。なあ沙良」

ギリシャの肩《かた》ポンに顔をしかめた。こいつなぜドヤ顔……。

「無事でよかったけど、あの子かわいかったし、親も心配してるだろーな」

風真がぽつりともらした声に、沙良はさらに眉をはねあげた。

「――は？　かわいい？　どこが？」

「風真もかわいいから心配だな」とおろおろしている一騎は完全にシカトする。

「趣味《しゅみ》悪いんだね風真って」

「なに機嫌《きげん》悪くなってんだ？　かわいかっただろ。ホラ、どのイベントで会っても目がキラキラしててさ」

むかっとした。

宇瑠が目をキラキラと輝《かがや》かせるのは、いつも風真に対してだけだ。

「……残念だけどわからないね。ボクは面食いだから」

そうだ。

ぜんぜん、わからない。

「あの、ところで……塔上くんはどうして非常階段なんて使ったんですか？」

おずおずときいてきたのは桔平だ。

「非常階段？」とギリシャたちは顔を見あわせる。

「はい、あの、だって、塔上くんは廊下《ろうか》のいつもの場所で寝《ね》てたんですよね？」

「そうだけど」

「ここのエレベーターって一機しかないですし、オートロックが操作されたら一階で開いて待ってるシステムじゃないですか。ストーカーがあのファンの子のあとをつけてエレベーターまで侵入《しんにゅう》してきたってことは、エレベーターは一階にあったってことで……」

「つまりなにが言いてえんだよ桔平ー、オレっちにもわかるように一」

メンバーの視線を集めて、桔平はもじもじする。

「は、はい、あの、だから、五階で寝てた塔上くんがそれを助けたってことは、なぜか非常階段で下まで降りてきてはちあわせたってことで——ってい、いたい、いたひれふとーじょーふん」

「ごめん。なんか急につねりたくなったんだよね、この口」

ぽいっと涙目《なみだめ》の桔平を放す。

「じゃ。ボクは外で休憩《きゅうけい》してるから、あとはよろしく」

出て行こうとした沙良の肩を、風真がつかんだ。

「はあ？　ボイトレはどーすんだよ？」

「今日はのどの調子が悪いから。昼からのダンスレッスンはちゃんと参加するし、いいでしょ」

「おい、待てって……」

手をほどいて玄関《げんかん》へと向かう。

後ろから、風真を一騎がなだめる声がきこえた。

「まあまあ、今日はいいんじゃないかな？」

「でも外暑いだろ。夏だぞ？」

ちらっとふり返ると、一騎がにっこりと笑って手をふってくる。

口パクで「がんばれ！」と言われた気がしたけれど、サボる人間に対してなにをがんばれと言っているのか、さっぱりわからない。

とりあえず、ギリシャがニヤニヤ笑っていたので、こんど隙《すき》を見てカツラにブラシをかけてサラサラストレートヘアにしてやると心に誓《ちか》った。


「塔上くん、暑くないんですか？」

たずねると、沙良はかんぜんにのぼせあがった顔で宇瑠を見た。

「これが暑くないように見えるの？　すごい目だね」

「またそういうことを言う。だったらなんでこんなところで寝てるんです？」

あきれながら、宇瑠はキンキンに冷えた炭酸ジュースを手《て》渡《わた》した。

さっき妹の六花が帰ってきたとき、「廊下の奥にナゾの足が見えた！」と言っていたから持ってきたのだ。

「ありがと」と沙良はそっぽを向きながら礼を言う。

そういう態度がやっぱり沙良らしいと思った。

「ありがとうはこっちこそなので」

「お礼ならきのうきいたよ。君だけじゃなく、ご両親からもね。もしかして永遠に言いつづける気？」

うんざり、とでも言いたげな顔には、どこか照れた色もある。

素直《すなお》じゃない人だな、と宇瑠は気づかれないようにそっと笑った。

「っていうかさ、きのうの今日だし、君が外に出たらご両親が心配するんじゃない？」

「お父さんとお母さんはおじいちゃんのお店に行きました。なんかいろいろ大人会議だって」

今日は祝日の月曜日。

ほんらいであれば出勤のはずの父親も、仕事を休んだ。

もしかしたら、『Ｍｉｍｉ』でのお手伝いは今後禁止されるかもしれない。

悔《くや》しいけれど、あんなことになってしまったのだから、しかたがない。

とくに祖父がとても大きなショックを受けていたから、これ以上心配をかけたくはなかった。

自分になにもなくてよかった——そう強く思う。

こわかったけれど、ケガもなにもなかったから。

もしケガをしていたら、両親も祖父も、もっともっと強いショックを受けていただろう。

自分が傷つくことで、自分以上に心に傷を負う家族がいる。それを思うと、助けてくれた沙良は、家族みんなを救ってくれたのだと言える。

心の底から感謝があふれた。

「——ん？　なに？」

ついじっと見てしまうと、沙良はどこかむず痒《がゆ》そうに眉《まゆ》をよせる。

「えーと……やっぱりキレイな顔だなーなんて思って見てました」

あながちウソでもないことを言うと、沙良はうさんくさいと言わんばかりに薄《うす》く笑った。

「なにそれお世辞？　どうせ風真のほうがキレイだとか思ってるんでしょ」

「それはないです。風真くんはわたしにとって神だから、だれかとくらべたりすることは不可能なんです。唯一絶対推しです」

「……は？　神ってなに？　風真のこと好きなんでしょ？」

こんどは「は？」と宇瑠が言う番だった。——好き？

顔がボッと火がついたように熱くなる。

「な……ななな何言ってるんですか塔上くんは!?」

「まっ赤だけど」

指摘《してき》されたほっぺたを両手ではさむ。

「失礼な！　たしかに好きで好きで大好きですけど、わたしガチ恋勢《こい》じゃないです。今ぜったい塔上くん、『好き＝恋』の式で考えてますよね⁉」

「ちがうわけ？」

「ちがいますっ！　推《お》しへの『好き』は恋じゃないんです！　それに恋心は変わるものだって言うじゃないですか。でも推しへの気持ちは永遠だから、この気持ちは……えぇと、そう、愛！　永遠の愛なんです。不変の愛！」

「……なにそれ。なんかむかつく」

「む、むかつく⁉」

ショックを受けていると、沙良はジトッと横目で宇瑠をにらんだ。

「だいたい、おかしいでしょ。なんで風真だけ名前呼びで、ボクは〝塔上くん〟なわけ？」

「え、そうですか？」

「じゃあ、ギリシャはなんて呼んでるの？」

「豆井戸くん」

「桔平は？」

「眠くん」

「一騎は？」

「灰賀くん」

「ボクは？」

「塔上くん」

「……風真は？」

「風真くん！」

チッ、という小さな舌打ちがきこえたのは気のせいだろうか。

至極不愉快《しごくふゆかい》！　と言いたげな怨念《おんねん》めいたオーラまで感じる。

なんで恩人をこんなに怒《おこ》らせてしまったのだろう？

「かんぜんに風真だけ特別あつかいだね」

「あの、でもわたし推しは死ぬまで風真くんですけど、ドルチェ全体を応援《おうえん》してますよ！」

「全体を、ね」

「もちろん塔上くんのことも。それに塔上くんには暗記帳をひろってもらったうえに、要点に印までつけてもらったし、なによりピンチを助けてもらったし、特別感謝しています！」

「そんな特別、あんまりうれしくないんだけど」

ふいっと顔をそらされてしまった。

（さっきからなにを怒ってるんだろう……。怒ってるっていうか、なにか拗《す》ねてる？）

心あたりがまったくない。

「ホントに感謝してるんですよ。もしきのう、塔上くんが偶然《ぐうぜん》居あわせてくれなかったら……」

「偶然じゃない」

拗ねた横顔のまま、沙良は外廊下《ろうか》の手すりをあごで示した。

「そこから見てたら、君のうしろを変なやつがついてきてるのが見えたんだよ」

「ここから？」

廊下の手すり越《ご》しに外をながめる。

深い色をした青空。そして輝《かがや》く太陽が、裏通りに並ぶビルをじりじりと焼いていた。

どこか遠くからはセミの声もきこえている。

大通りとはちがって静かな光景だが、特別ながめがいいわけでもない。

「塔上くん、こういう景色が好きなんですか？」

「は？　ぜんぜん興味ないけど」

「？　じゃあ、なんで見てたんです？　なにか興味あるものでもありました？」

ふしぎに思ってきくと、沙良はハッとした顔で宇瑠を見た。

「偶然……。それこそたまたま偶然、外を見てただけだけど、悪い？　文句ある？」

「わ、悪くないです。ぜんっぜん悪くないです！」

これ以上、機嫌《きげん》が悪くなっても困るので、あわてて否定する。

なぜか沙良は手の甲《こう》で顔をかくすようにしながら、そっぽを向いてしまった。

「――あの、じゃあ、わたし中にもどります」

ぺこりと頭をさげて帰ろうとすると、服のすそを沙良がくいっと引っぱった。

そして、プシュッと炭酸ジュースを開ける音。

「待ってよ」

「？」

「コレ、のみ終わるまで待っててよ」

沙良はこちらを見もしないけれど、服のすそを離《はな》そうとはしなかった。

（え、なに？　このシチュエーション……！）

胸がどくん、どくん、と音をたてた――

「じゃないと缶《かん》捨てる場所に困るでしょ」

――のはどうやら気のせいだったようだ。

なーんだ、と笑って沙良のとなりに腰《こし》をおろす。

「はいはい。ちゃんとゴミは持って帰りますよ」

今日は真夏日になると天気予報で言っていた。

まだ午前中だけれど、ぐんぐん気温が上昇《じょうしょう》しているのがわかる。

それでもならんで座ったマンションの外廊下は、ひんやりとしていて冷たかった。

「ところで君さ……」

沙良がなにか言いかけたときだ。

「おーい沙良？」

がちゃりとドルチェ部屋のドアノブが音をたてた。

（ふ、風真くんの声だぁ――――っっ!!）

宇瑠はものすごい反射神経を発揮して立ちあがった。

風真の姿が見えるまえに、猛《もう》ダッシュで走り去る。

（メイク！　髪《かみ》のセット！　ぜんっぜん風真くんに見せられる状態じゃない！）

勢いあまって自分の家も通りすぎたけれど、気にしない。

まっ赤に染まった顔でゼエゼエ息をつきながら、離れた柱のかげに隠《かく》れる。

「――あれ？　いまだれかいた？」

「……いや。それより、なんか用？」

「あぁ、マネージャーから連絡《れんらく》あってさ、ライブ決まったって！」

風真の弾《はず》んだ声に、宇瑠の気持ちも弾んだ。

決まったのは、エッグレコードの先輩《せんぱい》である、ハノンのライブだったようだ。

「なーんだ、がっかり……」

てっきりドルチェの単独ライブかと思っていた宇瑠は、公式サイトでの発表を見て、がっくりと肩《かた》を落とした。


とはいっても、ドルチェとまったく無関係の話ではない。

彼らはそこにバックダンサーとして出演を果たすことになったようだった。

ハノンはエッグレコードを支える人気ボーカリストだから、ライブの規模もケタちがいに大きい。

そこに顔見せというかたちで参加する。そして、ハノンの衣装替《が》えや休憩《きゅうけい》のスキマ時間には、ドルチェによる楽曲の披露《ひろう》もさせてもらえるらしかった。

これはまちがいなく、知名度を上げる大きな一歩となる。

「ほら、今日から夏期講習でしょ、早くしたくしなさい！」

「はーい！」

母親にせかされて、いそいで顔を洗う。

学校生活はついに夏休みに突入《とつにゅう》した。

受験生にとっては勝負の夏休み。

『Ｍｉｍｉ』でのお手伝いは勉強優先という理由で禁止になった。

……他《ほか》にも理由はあったのだろうけれど、だれもなにも言わないから、それでいいと宇瑠は納得《なっとく》することにしている。

親に心配だけはかけたくない。それに。

「お母さん、志望校の合格判定テストでＡ以上取れたら、ライブお願いだよ？」

「がんばりなさいよ。でもＡ判定にとどかなかったら、チケット当選したってキャンセルするからね！」

「わかってる。じゃあ、行ってきまーす！」

妹がのっそり起きてきて、「目の前にニンジンぶら下げられた馬だよね、あれ」なんて言っているのがきこえたけれど、気にしない。

（いいじゃない。ニンジン……じゃなくてドルチェのためなら、いくらだってがんばれるんだもん！　風真くんたちもがんばってるんだし！）


夏休みに入ったことで、ドルチェメンバーたちのレッスン時間は大幅《おおはば》に増えた。

下のダンススタジオは、朝から夜の営業時間いっぱいまでドルチェのために稼働《かどう》している。

それ以外の時間だって、部屋でボイトレなどをつづけている——というのが、沙良から聞きかじった情報だ。

宇瑠とおなじく受験生の一騎や枯平は、スキマ時間の勉強も欠かしていないという。

ドルチェのみんなだって、学業とアイドル活動を並行させてがんばっているのだから、応援《おうえん》するファンだって、これくらいがんばらないと顔向けできない。

やる気を胸にエレベーターのまえに立つと、ちょうどだれかが五階に上がってくるところだった。

あわてて柱のかげに身を隠すと、降りてきたのはやはり風真をはじめとした、ドルチェのメンバーたちだった。

朝のレッスンを終えてきたのか、みんなしたたるほど汗《あせ》をかいている。

彼らが通りすぎるのを待っていると、足音がひとつだけこちらへと向かってきた。

「──おはよ」

「と、塔上くん、おはようございます」

あいさつをする宇瑠の顔に、べしっと紙袋《かみぶくろ》が押しつけられる。

「な、なんれふか……！」

「はいどーぞ」

紙袋を受け取ってなかをのぞくと、そこにあったのはぴかぴかの包装紙に包まれた、いくつもの小箱だった。

「これ、あの有名店のショコラじゃないですか！　これも、あ、これも！」

「『Ｍｉｍｉ』に行ったよ。君がいないときだったけど。まあまあけっこういいお店だったかな」

「わあ、うれしいです！　──で、この大量のショコラは？」

「あげる。君、あのおじいさんみたいなショコラティエになりたいんでしょ？　だったら色々なところの食べて研究しないと」

「え、いいんですか……？　あの、ありがとうございます」

とまどいながら礼を言うと、沙良はそっけない態度でさっさと背を向けて去っていく。

（なんで塔上くん、いっつもわたしが隠れてる場所わかるんだろう……？）

最近ずっとそうだ。

風真には、気合いを入れた服装とメイクをしているときじゃないと会いたくない。だからいつも避《さ》けて、こうして隠れたりしているのだけれど、最近なぜか塔上沙良には見つかってしまうのだ。

まあ、見つかったからといってなにかあるわけでもなく、たいがいただあいさつを交《か》わすだけなのだが、なんだかふしぎに思えてならない。

首をかしげながら沙良のうしろ姿を見送っていると、彼はドアの前で一度だけふり向いた。

（応援してます！）

そう口パクと身ぶりだけで伝える。

沙良はちょっとおどろいた顔をしてから、目を細めてほほ笑《え》んだ。

それは沙良にしては意外なほど素朴《そぼく》で、優《やさ》しい笑みだった気がした。

二〇××年　七月。

エッグレコードを代表するボーカル、ハノンのライブ会場は、とても大きかった。

ドルチェにとっても、そしてデビューからずっとドルチェを追いかけてきた宇瑠にとっても、はじめて客席が万を超《こ》える大規模会場だ。

髪《かみ》は低く結んで、Tシャツにパンツスタイル。ヒールのないシューズ。

ライブで推奨《すいしょう》されている服装をしっかり守った。

手荷物はタオルとドリンク代、そしてチケット。

今回は開場前のグッズ販売《はんばい》にはならばないので、他の荷物は早めにコインロッカーに預けておいた。

そしてにぎりしめた応援アイテムはペンライトだ。

開場の三十分前、チケットの整理番号を確認《かくにん》して列にならぶ。

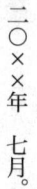

もう、まえにもうしろにも、人人人……。

緊張《きんちょう》に胸がドキドキした。

自分が緊張したってどうにもならないとわかっているのに、それでも心配と、それ以上の期待が胸のなかでずっともぞもぞとうずを巻いている感じだ。

今日が、ドルチェ躍進《やくしん》の大きな第一歩。


時間になり、列がすこしずつ動きはじめる。

(がんばれ、みんな!)

宇瑠が手に入れることができたチケットは、すみっこのほうだ。

席からでは設置されたスクリーンごしにしか、ハノンや彼らの顔は見えないだろう。

彼らのほうから宇瑠のことを見つけるなど、どんな奇跡《きせき》が起きたって不可能だ。

(それでも、祈《いの》ってる! わたし、全力で応援してるからね!)

にぎりしめたペンライトが汗ですべりそうだ。

歓声《かんせい》が上がり、ライブがはじまる。

ハノンの歌声は優しくて、かわいくて切なくて。

恋《こい》を歌った歌には、胸がきゅんと音をたてた。

けれど。

（……あ！）

ハノンの新曲。

観客たちが歌声に酔《よ》いしれながら見ているなか、ドルチェのダンスミスがあったことは、だれの目にもあきらかだった。

「おねえちゃん、ネット見た？　きのうのライブのこと、けっこう広まっちゃってるよ」
「うるさい。勉強してるんだからしずかにして」
「ミスくらいだれにでもあると思うけどねー。やっぱりハノンファンは許せないのかなぁ？」
（ハノンファン？）

そうとはかぎらない、とテキストの答えあわせをしながら、心の中で反論する。

もちろん、ハノンファンが怒《おこ》るのはとうぜんのことだと思う。

けれども悪口を重ねて拡散しているのはハノンファンよりも、どちらかというと関係のない人たちだ。

風真の画像を拡散していた人たちが、また格好の話題を見つけたと言わんばかりに喜んで飛びついていた。

ライブでだって、たしかにドルチェの——桔平の振《ふ》りつけミスはあったけれど、それはすぐに沙良たち他《ほか》のメンバーがうまくフォローにまわり、ハノンがドルチェを紹介《しょうかい》するときも、そのときのことをうまくネタにして会場を笑わせていた。

悪い空気ではなかったのだ。

(だからいいって言うわけじゃないけどっ、だけどっ、でもなんかモヤモヤするぅ〜!)

ぐはーっとのけぞって頭をかきむしる。

勉強になんて、やっぱりぜんっぜん集中できそうにない。

「ちょっと、おねえちゃん勉強は⁉」

「外の空気すってくる！」

「外って、今日の最高気温三十四度だよ！」

六花の声を背なかで聞き流し、スニーカーのひもをこれでもか！　というくらいしっかりと結んで、玄関《げんかん》を出――ようとしたところで、宇瑠は固まった。

「やっぱり、僕なんかがアイドルになっちゃいけなかったんです！」

乱暴に開けられたドアの音と一緒《いっしょ》に、きこえてきたのは桔平の声だ。

「待てって！　どこ行くんだよ！　ミスくらいだれにだってあるだろ」

(風真くんだ！)

ドキンと鳴りかけた胸も、さすがにこのときばかりはすぐに冷静になった。

どうやらあまりいい状況《じょうきょう》じゃない。

桔平が泣きながらドルチェ部屋を飛び出してきたようなのだ。

それを風真がなんとか止めようとしている。

(だ、ダメ、立ち聞きはマナー違反《いはん》! でも……大丈夫《だいじょうぶ》かな……)

桔平が悲痛な声をあげた。

「僕が、ハノン先輩《せんぱい》のライブをダメにしました……。それにドルチェの評判も……!」

「そんなことないって。気にすんな。な?」

「でも、今回の件でドルチェの単独ライブが延期になったって……! 白紙かもしれないって

……」

(え!)

それは、知らなかった。

胸がぎゅっとしぼられるような心地《ここち》がした。

大好きなドルチェの単独ライブ。それがなくなることは悲しい。

でもそれ以上に、ひとつのミスで重い責任を背負ってしまった桔平の心境を思えば、胸が苦しかった。

(でも、これ以上は部外者がきくべきことじゃないよね)

そっと部屋にもどろうとしたとき、きいたこともないような低い声が耳にとどいた。

「──気にするな？　ちがうでしょ」

（塔上くん……かな？）

桔平と風真のほかに、沙良もいたようだ。

しかしけんめいに慰《なぐさ》めようとしている風真とはちがって、あきらかに声のトーンは低かった。

「おい、沙良！」

「甘いんじゃないの風真は。気にするな？　きのうのミスのどこが、気にしなくていいほど軽いものだったの？」

「やめろって！　わざとじゃないんだから、しかたないだろ！」

風真の声にかき消されそうなほどの「ごめんなさい」がきこえる。

「わざとじゃない？　桔平の身体能力って、ふつうにやればメンバーの誰《だれ》よりハイスペックだよね。でもそれが本番になるとおどおどしたり、ガチガチになったりして半分も発揮できてない。振りつけだって、練習ではカンペキだったのに、本番ではまっ白になる。それがしかたないことだって？」

「あの、ごめんなさい、ほんとうに僕……！」

「ごめんってなに。謝るならどうしてあのガチガチの状態でステージに立ったの？　その時点でもう〝ごめんなさい〟じゃないんだよ」

「沙良！　いいかげんにしろ！」

「会場に呑《の》まれた？　客の多さに圧倒《あっとう》された？　ならステージになんて、はじめから立たなきゃいい!!」

「お前……っ！」

身がすくむような音がした。

たぶん、風真が沙良を殴《なぐ》ったのだ。

「あ、待て、桔平！」

桔平が走って行く足音。

そしてそれを追いかける風真の足音が、廊下《ろうか》から響《ひび》いてきた。

「塔上くん、大丈夫？」

ほかにだれもいないことを確認《かくにん》してから廊下に出た。

沙良は立ちつくしていた。ふたりが去っていったほうを見つめて。

それから宇瑠へとふり向くと、自らを嘲笑《あざわら》うような笑《え》みを浮《う》かべた。

苦い苦い笑みだ。


「きいてた？」

「うん。ごめんなさい……」

「べつにいいよ。それより、本気で夢に挑《いど》んでる人に、本気出してない人間がなにえらそうなこと言ってるんだって、そう思ったでしょ」

「そんなことは思わなかったけど……」

近づいて、沙良の頰《ほお》を確認する。

けっこう本気で殴られていた。きっとだんだんと腫《は》れてくるだろう。

「塔上くん、ひどい顔してる」

「あぁ、しかたないよ。殴られるだけのことを言ったし」

「そうじゃなくて」

つらい、と。

苦しい、と。

やり切れない、と。

――そっけない顔をつくってはいるけれど、本当の沙良は瞳《ひとみ》の奥でそう訴《うった》えているような気がした。

「塔上くん、うちでコーヒー飲んでいきません？」

「コーヒー？」

「そ。もちろんアイス。あ、紅茶もいい葉っぱありますよ。おじいちゃんの特選だからすごくおいしいです。……顔も、冷やした方がいいですし」

どうしてボクが、と言う沙良の手をひっぱり、家の中に引きずり込む。

アイドルに対して失礼かなと思ったけれど、なんだか放《ほう》ってはおけなかった。

「おねえちゃんおかえり。早かったね～って、と、塔上沙良!?」

六花が目を丸くする。

「なんで家に？　え、っていうか写真撮《と》っていい!?」

「こら、ダメに決まってるでしょ。部屋行ってなさい」

えー、と頰をふくらませたけれど、なんとなく空気の重さを感じとったのか、六花は自分の部屋に引きさがっていった。

「かわりに今度なにかおごってよね」と言われたけれど。


「部屋がとなりでも、だいぶ造りがちがうね」

ソファをすすめると、沙良はすこしかたい面持《おもも》ちで腰《こし》をおろす。

「ドルチェのみんなが使ってる部屋は、まえに音楽関係の人が住んでたから、けっこうリフォームしてあるんだと思います」

「ふーん。そういえばご両親は？」

「この時間はお仕事。――はい、このクッキー、おじいちゃんのお店で出してるのとおんなじレシピで焼いたからおいしいですよ。さすがに香《かお》りはこてんぱんに負けちゃいますけど。あと顔はこれで冷やして」

「焼いた？　君の手づくりってこと？」

「そうです。あっ、なんですかそのうさんくさげな顔！　失礼な！」

頬をふくらませながら、アイスコーヒーをいれる。

水出しにした、まろやかなコーヒーだ。

沙良は意外なことにミルクたっぷりでのんだ。

「……おいしい」

「よかった」

ほっとする。

おいしいって言ってもらえたことよりも、コーヒーをのんだ沙良の表情が、すこしやわらかくなったことが嬉《うれ》しかった。

「………ボクはさ、べつにアイドルになりたかったわけじゃないんだ」

アイスコーヒーをのみほしてから、沙良はぽつりとそう告げた。

うん、と相づちを打つと、沙良はストローで氷をかき混ぜながら、先をつづける。

「必要だったからオーディションを受けた。ただそれだけだったんだ」

「必要？」

「そう。条件だった。一人暮らしをさせてもらうための、条件」

そうして沙良は教えてくれた。

両親が海外に引っ越《こ》すと勝手に決めたこと。

親と離《はな》れたかった沙良はひとり日本に残るため、ウソをついたこと。

「やりたいことがあるから一人暮らしをさせてほしい、日本でもっと新しいことに挑戦《ちょうせん》して腕《うで》試《だめ》しをしたいって、そんな口から出まかせを言ったんだよ。うちの親にしては珍《めずら》しく信じてくれて、そのチャレンジをしているうちは日本で暮らしていいって許可されたわけ」

「あ、それがドルチェのオーディション？」

「べつにアイドルじゃなくてもよかった。たまたまオーディションを知っただけで。アイドルならたしかにやったことがなかったから〝新しいこと〟だったし、オーディションならまさに〝腕試し〟でしょ。ちゃんとやったっていう形だけあればよかったんだ」

「そっか……。おかわり、のむ？」

沙良が小さくうなずくので、アイスコーヒーをもう一杯《ぱい》つくった。

それをテーブルに置いて、こんどはそのままテーブルのわきにちょこんと腰をおろした。

「それで塔上くんはいま、ドルチェやめようとか考えてるんですね？」

「！」

沙良は「なんでわかったの⁉」というおどろいた顔をした。

「廊下で思いつめた顔してたので、そうかなって」

「……だって、妥当《だとう》でしょ。アイドルになりたくてなったわけでもない、本気でがんばってるわけでもないボクが、えらそうにメンバーの失敗を責めて、泣かせて。……そんなやつ、いないほうがいい」

沙良は吐《は》き捨てるように言う。

「……わたしは、ちがうんじゃないかって思います」

「え？」

「まえにわたし、塔上くんのこと『ウサギとカメ』の『ウサギ』だなんて言いました。ステージでみんな全力でがんばってるのに、塔上くんだけ本気じゃない。そういうのすごく腹が立ったのは、たしかなんです」

「じゃあ」

「でも、さっき眠くんに怒《おこ》ったとき、塔上くんは本気だった。本気で怒るってことは、本気でもっと良くしたいって……、ドルチェのこと本気でもっと良くしたいって、そう思ってるからじゃないのかなって。そう思うんです」

以前、沙良は「本気なんて出さない」と言って冷たく鼻で笑った。

でも表面的な言葉や表情だけじゃ、その人のほんとうの気持ちなんてわからない。

実際、沙良は表と中身がだいぶちがう人間だと思う。

口は悪くてツンとしているくせに、じつは世話焼きで優《やさ》しい人だ。

すくなくとも、宇瑠はそう理解した。

「ドルチェのこと、ホントにどうでもよかったら、怒らないんじゃないかなって思うんです。それこそどうでもいいんだから、ほうっておけばいいだけです。さっきの塔上くんの言葉だって、言いかたを変えれば『ステージに立ちたいなら、根性《こんじょう》すえとけ！』って、そういうことですよね。口の悪い説教っていうか、たぶんアドバイスで」

沙良はあぜんと目を丸くして宇瑠を見ていた。

それからクスッと吹《ふ》きだしたかと思うと、声をあげて笑いはじめた。

「あはははっ、ばかじゃないの、君！」

「ば、ばかってなんですか！」

「だって、どう考えたってばかでしょ。どれだけ妄想《もうそう》！」

「も、妄想って……。もう、笑いすぎです！」

だって、とくり返しながら、沙良は目ににじんだ涙《なみだ》をぬぐう。

それが笑いすぎで出た涙なのか、べつな理由もあったのか、それは宇瑠にはわからない。

ただ、沙良は目じりをほんのすこしだけ赤く染めて、長く長く息をはいた。

「ボクはね、本気なんて出さない」

「うん。ききました」

「──本気を出すのが……こわいんだ」

「こわい？」

「本気を出せば出すほど、ボクの中にボクはいなくなるって言ったら、笑う？」

そう言って自信なさ気にほほ笑《え》む沙良は、いままで見たことがないような顔をしていた。

つねに気だるげで、あるいは冷たげで大人びた――そんないつもの沙良ではなく、心からなにかに悩《なや》み、苦しんでいる、年齢《ねんれい》相応のひとりの男子の顔だった。

「ボクの両親のことは、知ってる？」

「まぁ、有名なので」

「……ボクは有名人の子どもで、だからこそ、生まれたその瞬間《しゅんかん》から〝あのふたりの子どもであること〟を求められてきた。つまり、ふたりとおなじだけの才能を持ってなくちゃいけなかった」

沙良はひざのうえできゅっと手を組んだ。

「あらゆるレッスンは物心つくまえからはじまって、終わることなんてなかった。ミュージカル俳優の父親ともと歌劇団トップの母親がのぞむ演技力、歌唱力、ダンス技術。ずっと、ずっと、ふたりがボクにのぞむレベルのものを、ただ身につけるため、それだけの毎日だった……

……」

沙良は顔をあげて、リビングにかかっている鏡を苦い表情で見つめた。

「それであるとき気がついたんだ。鏡の前でダンスを踊《おど》ると、そのステップはどう見たって父親とうりふたつ。歌えば、声の出し方も息つぎのクセも母親とうりふたつ。――ボクなんて、どこにもいなかった」

「塔上くん……」

沙良の組んだ指は、手の甲《こう》に強く爪《つめ》を立てていた。

「本気でやればやるほど、親のかげがチラついて見える。ボクにあるのはただ、親からゆずりうけた才能だけなんだ。それは、ボクのものじゃない。ボク自身じゃない」

「……………そっか」

「わかった」

沙良の手をそっとほぐしてから、立ちあがる。

「わかったって、――え、なに、エプロン……？」

「わかったから、塔上くん、ちょっと待っててください！」

「は？　待つってなにを」

「猛《もう》スピードでつくるから！」

「つくる？」

「そう。わたしのショコラ、食べてほしいんです」

ぽかんとした顔の沙良を置いて、宇瑠はエプロンを着けてキッチンに立った。


甘いショコラの香《かお》りが部屋中にただよう。

彼女が「できた！」と声をあげたのは、沙良がすっかり待ちくたびれたころだった。

「見てください、ジャーン！」

ソファに寝《ね》そべっていた沙良のもとに、ようやく宇瑠ができあがったショコラを運んできた。

お皿は小さなものがふたつ。

どちらにも、三粒《つぶ》ずつ四角いボンボン・ショコラがのっていた。

「これをボクに食べてほしいって？」

「そう。食べくらべてほしいんです。右と左」

「つくってるあいだの香りで、もうじゅうぶんおなかいっぱいな気がするんだけど」

文句を言いつつ、どちらから食べようかな、と目で二皿を見くらべた。

沙良は塩対応なアイドルだが、甘いものが好きだ。

(あれ、この二皿、食べくらべるまでもなく、ぜんぜん別ものじゃないか)

おんなじ大きさ、おんなじ形につくられてはいるが、右と左では見た目からしてぜんぜんちがう。

左はふつうの『チョコレート』だ。

どのスーパーでも売っているような、馴染《なじ》みある色と光沢《こうたく》。

しかし右はそれよりもさらに深い色あいで、宝石のようにぴかぴかに輝《かがや》いていた。

(やっぱり、味もぜんぜんちがう)

口にふくんでみると、左のショコラはたしかにおいしいが、口どけ感があまりよくない。

そのせいか、中に入っているガナッシュ・クリームはおいしかったが、全体としては口のなかにひろがるカカオの香りも低かった。

対して右のショコラは、口当たりがよくてなめらか、ガナッシュと一体になって、鼻からぬけるような香り高さがある。

「さあ、問題です。ショコラティエ『Ｍｉｍｉ』でも使われている、高級クーベルチュール・ショコラを使ってつくられたのはどれでしょうか？　あ、ボンボンの中に入ってたガナッシュはどっちも一緒《いっしょ》ね」

「こんなのかんたんでしょ。右」

沙良が即答《そくとう》すると、宇瑠はにやりと笑う。

「ブブ――っ！　はずれでーす！」

「はあ？　そんなはずない」

むっとして抗議《こうぎ》すると、宇瑠はしてやったりという顔で胸を張って見せた。

「正解は、両方でした。どっちもフランス直輸入のクーベルチュール・ショコラを使ってます。カカオ豆の生産から、ロースト、製造まで一貫《いっかん》した管理のもと、職人さんがつくってる超《ちょう》高級クーベルチュールです」

「ウソだね。左のは香りも口どけもいまいちだった」

「そう思いますよね。だから、そういうことなんです」

宇瑠はにっこりと笑った。

「おいしいショコラをつくるには、ただ高級な材料を使えばいいってものじゃないんです。コンチングっていう練りあげ作業、テンパリングっていう温度管理。それを雑にしてしまうと、せっかくの風味も味も台無しになっちゃいます」

「ふうん……。で、わざわざ時間かけて、この性悪《しょうわる》クイズがやりたかったわけ？」

投げやりに言うと、宇瑠はむっとくちびるをとがらせた。

「もう、わかりませんか！　高級だからって、おいしいとはかぎらないってことが言いたかったんです！　つくり方、手間ひまのかけ方で、味も食感もぜんぜんちがう！」

じれったい、と言わんばかりに、宇瑠はテーブルを軽く叩《たた》いた。

「いいですか、材料がすごいからって、勝手にすごいものができあがるなんて思わないでください！　親《おや》からゆずりうけた才能？　それは塔上くんのものじゃない？　そんなのウソです！」

思いもしない言葉に、沙良は目を丸くした。

「いまの塔上くんをつくり上げたのは、手間ひまかけてここまで練りあげたのは、まぎれもなく塔上くん自身の努力じゃないですか！」

「ごちそうさま。あとこれ、ありがとう」

顔を冷やしていたものを返して、沙良は宇瑠と一緒に彼女の家を出た。

外はむっとするほどの熱気に満ちていた。

けれど、まといつくような夏の空気も、いまはそう不愉快《ふゆかい》じゃない。

（練りあげたのはボク自身の努力、か……）

かなり強引《ごういん》な理論だったような気もするが、ふしぎとイヤじゃなかった。

マンションの外廊下《ろうか》まで見送りに出てくれた宇瑠を見る。

やっぱり何度見ても、どこをどう見ても平凡《へいぼん》な顔だ。

……なのにちょっとだけ、帰るのが惜《お》しい気がするのはなぜだろう？

「応援《おうえん》してますね。ドルチェのこと、みんなのこと」

「一番は風真のこと、でしょ」

「それはもちろん推《お》しですから！」

そういえば、宇瑠が身につけている髪《かみ》ゴムも、スマホカバーも、それにボンボン・ショコラをつくっているあいだにしていたエプロンも、ぜんぶ風真カラーだった。

「……推し変とか、しないの？」

「はい？　なにか言いました？」

しぜんと口からこぼれた声は、小さすぎてトラックの騒音《そうおん》にかき消されたようだった。

「いや。なんでもない。それより、もう『塔上くん』はやめてよ。これだけボクの事情を暴露《ばくろ》したのに、苗字《みょうじ》呼びでギリシャたちと同列とか、ひどいと思わない？」

「？　そうですか？　――じゃあ」

なぜか彼女の口がひらくその瞬間《しゅんかん》、緊張《きんちょう》した。

じっと、宇瑠の小さなくちびるを見つめる。

「沙良、センパイ？」

「……なんで……センパイなわけ」

ガクッと力が抜《ぬ》けた。

「え、でも学年一コうえですよね。公式プロフィールならバッチリ把握《はあく》してます！」

得意げにVサインをつくる宇瑠がなんだか憎《にく》らしく思えて、おでこを指で弾《はじ》く。

「いたっ！　なんでー」

「こっちこそ、な・ん・で・風真は『くん』で、ボクは『センパイ』なの？　ボクと風真はタメなんだけど。差別？」

「なんでって言われても……」

宇瑠は困ったように前髪をせわしなくいじくった。

それからすこしだけ頬《ほお》を染めて、恥《は》ずかしそうに笑う。

「……急に呼びかた変えるのって、恥ずかしいじゃないですか」

トクン、と胸が鳴ったのは、なにかの気の迷いだったのだと思う。

（こ、こんな平凡顔、一瞬でもかわいいとか思うなんて、ボクもそうとうつかれてるな……）

そう。疲労《ひろう》からきた気の迷い。

そうにちがいない。

——それなのに。

どうして、こんなにも頬が熱くなるのだろう？

「……じゃあ、こうしたらいい。ボクも君の呼びかたを変える。だから君も変える。ふたり同時にだから、急じゃないし恥ずかしくない」

「そうですか？　なんかムリがあるような」

「うる、でしょ。下の名前。いまから宇瑠って呼ぶ」

問答無用で宣言した。

「えっ名前、なんで知ってるんですか？」

「まえに落とし物したでしょ。名前書いてあった。読み方があってるかどうかはすこし悩《なや》んだけど」

言いながら、なんでそんなこと悩んだんだ、と自分で自分につっこみを入れる。

最近の自分は、なにかおかしい。

「ほら宇瑠。君の番」

「はい。あの……沙良、くん」

照れたように名前を呼ぶ宇瑠と、目があった。

吸いこまれるように一歩を近づくと、宇瑠は顔をまっ赤にして、目を潤《うる》ませた。

小さなくちびるが、もう一度、名前をつむぐ……。


「ふ、風真くん……っ」

ぴし、とどこかにヒビが入るような音がきこえたのはたぶん、気のせいじゃない。

「おい沙良！　こんなとこでなにやってんだよ」

いつの間にエレベーターで上がってきたのか、風真が外廊下を走ってきた。

「——あ、君ごめんね。ちょっと沙良と話があるんだ。いいかな？」

「はいっ！　ぜんっぜんいいでしゅ……！」

ふあっ、かんじゃった死ぬ！　と泣きそうな顔で悶《もだ》えている宇瑠を、無言で玄関《げんかん》の中に押しこんだ。

「──で、なに」

「ちょっとこい」

風真に連れられて行った先は、駅前だった。

たくさんの人が行きかうロータリーで、何人かが足を止めて人垣《ひとがき》をつくっているところがあった。

「見ろよ」

風真にうながされて、離《はな》れたところから人垣の中を見る。

注目を集めていたのは枯平だった。

マスクをつけて音楽をかけながら、ダンスを踊《おど》っている。

あつまった観客たちは、あまり質がいいとは言えなかった。

嘲笑《ちょうしょう》するもの、勝手に撮影《さつえい》するもの、馬鹿《ばか》にするもの、なにやってるんだと冷たい目で見るもの。

拍手《はくしゅ》をして声援《せいえん》を送ってくれるものもいるが、少数だ。

歓迎《かんげい》よりも好奇《こうき》の視線のほうが多い。

そんななか、桔平はマスク越《ご》しの笑顔《えがお》をたやすことなく、ただ一心不乱にステップを踏《ふ》みつづけていた。

「俺、正直な話、逃《に》げたと思ったよ。ライブで痛い失敗して、心が折れてさ」

ひじでドン、とわき腹をつかれる。

「お前にもキツイこと言われたし」

「……そうだね」

「でもちがった。桔平は折れてなかった。それどころかお前の言葉を真正面から受けとめて、人の目に慣れる練習をたった一人でやってたんだ」

「うん……」

舞台《ぶたい》照明なんてなにもない。

着ているものはありふれたTシャツとハーフパンツ。

音楽だって、小さな携帯《けいたい》型プレーヤーが一つ。

アイドルが踊るような環境《かんきょう》じゃない。

けれどそのなかで踊る桔平は、沙良の視線を強烈《きょうれつ》にひきつけた。

輝《かがや》かしいステージには遠くおよばない。


(……………そうか)


——見ているファンの胸を打つのは、感動を与《あた》えるのは、なにも技術のうまさだけじゃないんだよ！

いつか、宇瑠に言われた言葉がよみがえる。

いまさら、ようやく理解できた気がする。

あの、公開オーディションの日。沙良にはなくて、風真にはあったもの。

「ねえ風真。カメに負けるようなぐうたらウサギでも、寝《ね》ないで走ればどこまでだって行けると思わない？」

は？　という顔で風真が見る。

沙良はただ笑って、駆《か》けだした。

「見てなよ。ぜったい負けないから」

目を丸くする桔平にならんで、ステップを踏む。風真もつづいて加わった。

「塔上くん、風真くん……!?」

「沙良、だれがだれに負けないって？」

「君だけど。ボクが君に。ほら風真、いまのスライド、タイミングずれてる」

「なっ、クソ！　あ、ほら見ろ、観客集まってきたぞ！」

「ふたりとも、どうして……」

あたふたする桔平に、ただふたりは不敵に笑った。

「いーから。仲間だろ！」

Stage 5
眠《ねむり》桔平《きっぺい》
CV：るぅと
年齢 14歳
身長 155cm
血液型 A型
趣味 音楽鑑賞、天体観測
特技 記憶力の良さ
（実は運動神経もメンバー1）
長所 ストイックに努力ができる
短所 圧倒的に自信が足りない
誕生日 9月18日

stage 5

「フェスの締め《トリ》!?」

それは突然《とつぜん》もたらされた報《しら》せだった。

マネージャーから急ぎの電話をうけた風真が、緊張《きんちょう》した顔でみんなに告げる。

風真が言うフェスとは、八月のしめくくりに二日間開催《かいさい》される、大規模音楽フェスティバルのことだ。

「話題性を逆手にとって交渉《こうしょう》した結果らしい。Aステージでの最終日トリを、俺たちがやらせてもらえることになったって」

「マジかぁ……!」

ギリシャたちがあんぐりと口を開けた。

「まさか、だね。今年はまだ出演順が確定してないとはきいてたけど……。ネガティブな話題性をチャンスに変えようっていうわけだ」

さすがに沙良もおどろいた。

マネージャーもやる時はやるもんだと感心する。

「おいおい沙良、言っとくがなぁ、SNSでの風真の評価は風向きが変わってきてんだぜぇ？

風真を知って応援《おうえん》してくれてる声の方がどっと増えてきてんだ」

なっ、とギリシャが風真の背なかを叩《たた》く。

たしかにそれは沙良も知っていた。

叩きに屈《くっ》せず、ひたすら全力でのパフォーマンスとファンサービスにつとめてきた結果だと感じている。

実際、風真はよく耐《た》えた。

SNS上の叩きに対して無謀《むぼう》に反論することはなかったし、ファンだけじゃなく、メンバーのまえでも明るさを絶やさなかった。

弱音をはくこともしなかった。

（本音がどうだったかはまた、べつの話だけど）

あれだけ顔の見えないだれかにネガティブキャンペーンをされて、なんとも思わない人間はいない。

傷つかない人間はいない。

ただ、風真が歯を食いしばって強い人間を演じているのなら、その強さだけを受けとっておきたいと沙良は思う。

弱い部分は一騎が必ずフォローしているから、大丈夫《だいじょうぶ》だ。

それでも耐えきれなくなったときは、メンバーみんなで支えればいい。

「そういやよぉ、桔平のダンス練もネットに上がって話題になってたよなぁ！」

「はい、まあ……話題ってわけじゃないんですけど、マスクくらいじゃ顔隠《かく》しきれてなかったみたいで、身バレはしちゃいました……」

桔平のストリートでのダンス練習は、観客によって撮影《さつえい》され、拡散されていた。

すぐにそれが『ドルチェの桔平』と特定されて、『ハノンへのおわび修行《しゅぎょう》』だの『反省の舞《ま》い』だの揶揄《やゆ》されていたが、真夏の炎天下《えんてんか》、ひたすら踊《おど》りつづける桔平の姿はおおむね好意的にうけとめられていた。

「──みんな、がんばったよね」

しみじみとした声で、一騎が言う。

風真の目にじわっと涙《なみだ》がひろがったのが見えて、沙良はとりあえずごまかすようにギリシャをにらんでおいた。

「みんな？　ギリシャはなにかがんばったっけ？」

「あぁ？　がんばっただろーがっ！　見ろこのシックスパック！　みごとな腹筋をぉ！」

「まえからあるでしょ」

「維持《いじ》すんのだって大変なんだっつの！」

「あーすごいねームキムキドレッドアイドル。わー」

「棒読みかよ！」

じゃれかかってくるギリシャをかわして、沙良はホワイトボードに貼《は》りだしてあった紙をとり、テーブルにひろげた。

「フェスの予定表、見ておく？」

すかさず、みんながおでこをつきあわせるようにしてテーブルをかこむ。

まずは当日の会場の配置図だ。

この音楽フェスは屋内、屋外あわせてステージは三つ。

A、B、C、三つのステージを中心にしてエリアがわけられ、Aが新人アーティストステージ、Bが人気アーティスト用の大規模ステージ、Cが地下アイドルやゆるキャラたちによるふれあいステージとなっている。

あのさ、と一騎が微妙《びみょう》にこわばった顔でメンバーを見まわした。

「このフェスのAステージってあれだよね、LIP×LIPが新人時代に一躍《いちやく》有名になったっていう……」

「ですよね……。それに前回のBステージの大トリ、LIP×LIPだったはずですよ……あふれるほどの満席だったって話です」

「オレっちたち、おんなじステージに立つのかぁ。うっわスッゲー緊張してきたぜ！　おい沙良、オレっちたちのステージ開始時刻、Bステージではだれが歌ってんだ？」

時刻をたどる沙良の指先に、みんなの視線が集中する。

フェスではおなじ時間にべつのステージも稼働《かどう》しているから、下手をすると観客をごっそりと取られかねない。

「いや」

沙良の指が空欄《くうらん》で止まる。

「Aステージトリの出演時間、Bステージは……調整用の空き時間になってる」

四人の口から、ほっと安堵《あんど》の息がもれた。

「予定どおりなら、ボクたちが歌い終わってから、その二十分後にBステージでフェスの大トリがはじまるみたいだよ」

「よかったです……」

桔平は力がぬけたようにへたりこんだ。

一騎も胸をなでおろす。

「それならBステージのトリがだれだろうと、安心だね」

「うぉっと、ホラ見ろよ、Bの大トリやっぱLIP×LIPじゃねえか！　あっぶねー！」

「コラ、みんな志が低いぞ！」

こつんこつん、と風真がそれぞれのおでこを軽く叩く。

「どんな状況《じょうきょう》だって満席にしてやるって、気合い入れてがんばろーぜ！」

涙は引っこみ、すでにいつもの溌剌《はつらつ》とした風真の顔にもどっていた。

「そうだね、風真。みんな。がんばろう！」

表情をひき締《し》めた一騎が、みんなに円陣《えんじん》を組むよううながした。

「──夏の音楽フェス、成功させよう！」

「おーっ！」

「一騎は受験勉強もな！」

「お、おーっ！」

「桔平はあがり症なおしなよ」

「はいっ！」

「沙良は寝《ね》てばっかいんじゃねーぞ！」

「……」

「クラァッ！　そこはオーッ！　だろうがっ！」

「風真はかわいい！」

「イエーっ！」

「ぅオイ！　カンケーなくねそれ！」

ドルチェ部屋に明るい笑いがひろがる。

（アイドルも悪くない、かな）

すこしだけ、そんなふうに沙良は思った。


「おかえり」

マンションポーチ、その小さな噴水《ふんすい》のまえでかけられた声に、宇瑠はふり向いた。

「塔上くん」

「……は？　だれだって？」

至極《しごく》不《ふ》機嫌《きげん》そうなその顔は、どこをどう見たって塔上沙良だ。

（なにがまちがってるんだろう……？）

沙良は無言の圧力をかけて迫《せま》ってくる。

「なんで逃《に》げるの？」

「だ、だってそっちが追いかけてくるから……！」

「頭にゴミついてるよ」

沙良が宇瑠の髪《かみ》に手をのばす。

（な、なんだ……そういうこと）

ほっとして足を止め、肩《かた》の力をぬいた。


「——なんて、ウソだけど」

沙良の長い指が、髪じゃなく、顔に向ってのばされて、宇瑠は息をのんだ。

（え、なに……？）

どきんとした、その時。

「イタッ！　……くぅ、な、なぜデコピンなんですか!?」

ちょっとでもドキリとしてしまった自分が恥ずかしい！

「意味はないけど」

「もうっ、なんなんですか、塔上くんは！」

「だから、『沙良くん』でしょ」

「呼びかたなんて、べつにどっちでも……イエ、なんでもないです……」

死神的な目つきで威圧されたのでだまっておく。

呼びかたって、そんなに大事だろうか？

沙良は眉《まゆ》をよせた。

お店のかわいいショッピングバッグをしめして言う。

「はい。ついでに気分転換の買い物も」

「塾の帰り？」

「中学生がこんな時間まで買い物とか、感心しないな」

「こんな時間って、まだ六時ですけど」

それに夏だ。

まだまだ空は明るい。

「なに言ってるの。六時はもう夜でしょ。そんな素足丸出しにして出歩く時間じゃないし、スカートだって短かすぎ」

「やだなあ、むしろ真夏にタイツはいてるほうがおかしくないですか？」

「ふーん。ボクに向かってああ言えばこう言うなんて、いい度胸だね」

「だってなんかお父さんみたいで……って、あの、そんなにガン見するほど、どこかヘンですか？」

あまりにも沙良が宇瑠の服を見つづけているから、ちょっと自信を無くしてしまう。

やわらかいシフォンのワンピースに、真珠《しんじゅ》モチーフのついたミュール。けっこうお気に入りだっただけに、いごこちが悪い。

すると沙良はハッとしたように目をそらして、咳払《せきばら》いをするようなしぐさをした。

「……べ、べつに……顔が平凡《へいぼん》なわりに、まあまあ似合ってるんじゃない？ 平凡なりに」

「出た、イヤミ系アイドル！ 自分の顔がキレーだからって！」

「はあ？ こういうのはイヤミじゃなくて、正直っていうんだよ」

「ぐぬぅ……。言い返すともっとイヤミが返ってきそうでなにも言えない……っ」

言い返せない悔《くや》しさに拳《こぶし》をにぎりしめていると、沙良がふとその手首に視線を落とす。

「――それより、宇瑠が手首につけてるの、ミサンガってやつだよね？」

沙良が注目しているのは、宇瑠が左手首につけているひも飾《かざ》りだ。

「あぁこれ、そうです。学業成就《じょうじゅ》の願いをこめてつくってみました」

「へえ？　手づくりなんだ。カラフルだね」

「はい。使う糸の色とか、つける場所によって、願掛《がんか》けの意味がちがうらしいんです。利《き》き手が恋愛《れんあい》成就、その反対の手が学業成就、足だと友情とか、勝負とか、組み合わせでいろいろつくれるんですよ」

「ボクにはないの？」

はい？　と宇瑠は目をまたたいた。

じれったいとでも言いたげな顔で、沙良は自分の手首を指さす。

「ファンならほら、あるでしょ、プレゼント。差し入れ。来週のフェスがんばってください的なモノ！」

「えっ、でも怖《こわ》くないですか？　ファンって言っても見ず知らずの人ですよ？」

もちろんファンは愛をこめてつくるわけだけど、受けとる側からすれば、見ず知らずの人がナゾの工程でナゾの思念を込めてつくったシロモノだ。

やっぱりきっと怖いと思う。

「あのねえ、君のどこが見ず知らずの人なわけ。家に招いて手づくりショコラの食べくらべまでさせたくせに、よく言うよね」

「じゃあ、差し入れしても怖がりませんか？」

「……むしろ催促《さいそく》してるんだけど？」

「じゃ、じゃあ風真くん、わたしのつくったミサンガつけてくれますか!?」

「風真じゃなくてボクだって言ってるのわかんないかな!?」

ビシッとおでこをつつかれた。

「……く、けっこう痛いんですけど。乙女《おとめ》のおでこがアザになったらどうするんです？」

「アザのまえに肌荒《はだあ》れなんとかしたほうがいいよ」

「あっ、また言いましたね!?」

「言うよ。勉強も買い物もいいけど、寝《ね》るのも大事だから」

つんとすましながら、それでもどこか心配した顔で言うから、宇瑠としてはもう怒《おこ》りようがない。毒気をぬかれた気分だ。

「沙良くんも、ちょっと痩《や》せたと思う。レッスンつづきですもんね。無理しないでください」

ならんで、一緒《いっしょ》にエレベーターに乗る。

最近、沙良が廊下《ろうか》で寝ている姿を見なくなった。

もちろん暑いというのもあるけれど、以前よりレッスンをがんばっているのはわかっている。

体つきは変わったし、なにより、目がちがう。

目標に向かってがんばっている、真剣《しんけん》な目だ。


「――応援《おうえん》してるよ、受験生」

エレベーターを降りて、家のまえ。

沙良はふと立ちどまって、そう言った。

だから宇瑠も、笑顔《えがお》で返す。

「わたしもです。フェス、楽しみにしてますね」


中学三年の夏休みは、信じられないくらいあっという間だ。

夢への第一歩にどこまでもひろがる希望を感じたり、未来を夢見たり。

志望校へのハードルの高さを認識したり、中学一、二年生のときの勉強不足を呪《のろ》ったり。

先のわからない未来にとつぜん不安が押しよせたり。

だんだん近づいてくる将来に期待で胸が弾《はず》んだり。

ただがむしゃらにもがいているあいだに、夏は終わりをむかえるのだ。

二〇××年　八月末。

夏休み気分がぬけきらないまま始業式をむかえた、その週末。

ついに音楽フェスは開幕した。


宇瑠たちが足を運んだのは、最終日である二日目だ。

朝からずっと宇瑠をひっぱりまわしていた六花が、午後三時を過ぎてさすがに疲《つか》れたのか、ついに音をあげた。

「おねえちゃん、一回休憩《きゅうけい》しよ！」

「あーもうめっちゃ汗《あせ》かいたー！　ぜんぜん回りきれないよ、あっちのステージ見に行ったり、こっちのステージ見に行ったり、グッズの物販《ぶっぱん》ならんだり忙《いそが》しいし〜。物販ならんでるあいだに愛蔵《あいぞう》くんコラボ飯のカルボナーラ売り切れちゃったしぃ！」

「だから手分けしようかって言ったのに」

「だってこんな人ごみで分かれたら、ぜったい再会できないもん！」

妹は口をとがらせて、地べたに座ろうとする。

宇瑠はすみっこのほうに妹を移動させてから、持ち歩いていたレジャーシートを敷《し》いて、二人で座った。

フェスはライブとはちがって、ひろい会場にいくつものステージが設けられている。それぞれのステージで一日を通してたくさんのアーティストたちが出演するから、ステージ間の移動もあって、観《み》るほうはかなりの体力勝負だ。

こっちのステージとあっちのステージとで、観たいアーティストの出演時間がかぶっていることもあるし、うまく重ならずにすんだとしても、移動時間がギリギリで猛《もう》ダッシュしなくてはいけなかったりもする。

グッズの販売（物販）にならぶか、あきらめて話題のアーティストを見に行くか、コラボ料理の屋台にならぶか、それも迷いどころだ。

「はい、これ叩《たた》くと冷たくなるやつだから、使って。六花のお目当てはＬＩＰ×ＬＩＰでしょ？　最後なんだから体力ちゃんとのこしておかないと」

「でもなんか楽しいんだもん、お祭りみたいじゃん」

「それはわかる。屋台もあるしねー」

実際フェスはフェスティバルだから、お祭りでまちがいない。

宇瑠は物販で買ったばかりの風真タオルを出して、パタパタとあおいであげた。

「……おねえちゃん顔ニヤニヤしてる、気持ち悪ぅ〜」

「うっさいな。うれしいんだからしょうがないでしょ」

「フェスが？」

「それもあるけど、物販がけっこう人気だったから」

ドルチェの物販には、宇瑠の予想以上に人がならんでいた。

四月に行われた公開オーディションからはじまって、ファンがまだ数人という状態からずっと見守ってきた宇瑠にとって、炎天下《えんてんか》にずらりとならんだファンの列には、感動もひとしおだった。

（まだ半年もたってないのに。みんな、頑張《がんば》ったね……！）

しかも今日はAステージでのトリをかざるのだ。

（客席のキャパシティから言って、ドルチェを知らないたくさんの人もきっと歌をきいてくれる。パフォーマンスを見てくれる！　きっとここから、さらにドルチェは人気になっていくんだ！）

そして迎《むか》えた、音楽フェス最終日、Aステージの終幕。

歌の終わりとともに、ドルチェのメンバーたちが決めポーズを取り、キラキラのメタルテープがどかんと打ち上げられる。

弾《はじ》けんばかりの満面の笑みと、キレのあるダンスパフォーマンスだった。

宇瑠がいままでずっとずっと見てきた中で、一番の、最高のステージ。

風真が客席いちばん前列に陣取《じんど》った宇瑠に気がついて、去りぎわに小さくウインクをくれた。

うれしかった。

すごくうれしかった。

けれど――。

宇瑠は笑顔を返すことができなかった。

空席の目立ちすぎる、がらがらの観客席。

それらを背にして、ただ、たたずむことしかできなかった——。


「ちくしょう……………っ！」

マネージャーが運転する帰りのワンボックスカーのなか、ときおり響《ひび》くのはギリシャの悪態の声だけだ。

他《ほか》には車の走行音くらいしかきこえない。

音楽フェス最終日、Aステージのラストを飾《かざ》ったドルチェのパフォーマンスは失敗に終わった。

いや、パフォーマンス自体は最高のできだったと沙良は思う。

けれどそんなもの、観る人がいなければなにも意味がない。

敗因は、サプライズゲストの登場だった。

空白時間とされていたＢステージに、シークレットゲストがあらわれたのだ。

ダンス・ボーカルユニットの、ＦｕｌｌＴｈｒｏｔｔｌｅ４《フルスロットルフォー》。

絶大な人気を誇《ほこ》りながら露出《ろしゅつ》の少ない彼らの登場に、観客たちはほとんど総取りにされた。


重苦しい沈黙《ちんもく》が落ちる。

風真は珍《めずら》しく早々とウィッグを外し、無言で窓の外を眺《なが》めている。顔はいつの間にか洗ってきたらしく、メイクも落とされていた。

一騎はそのとなりに座り、かける言葉を懸命《けんめい》に探してうつむいている。

桔平は一番後ろの座席で小さい体をさらに小さくして、タオルに顔をうずめていた。


「……やっぱり、だめなんだな」


流れていく夜景が信号によって止められると、ぽつりと風真が口を開いた。

「夢を叶《かな》えるのなんて、簡単じゃない。オーディションの合格なんて、やっとただのスタート地点に立てただけだったんだよな」

スタートしたからって、だれもかれもが必ずゴールにたどり着けるわけじゃない。

そう、風真はだれにともなく言う。

「生きてさえいれば……そう思って、信じて、がんばってきたけど、だめだった。ごめんな」

その「ごめんな」が、だれに対しての謝罪なのかはわからない。

メンバーへの言葉である気もするし、沙良が知らないほかのだれかに向けた言葉でもあるような気がした。


「風真……」

「一騎は俺のために、ここまでついてきてくれたのに。……わりぃ」

一騎はなにかを言おうと口を開きかけたが、やはり言葉が見つからなかったのだろう。

苦しげに口を閉じるしかなかった。


そしてまた、重苦しい沈黙がおりる。

今日、ドルチェのメンバーはだれもが緊張《きんちょう》と、そしてこれからへの期待を胸に、ステージへと上がった。

しかしそこから見えたまばらな客席の光景は、想像以上に深く心をえぐっていた。

車がマンションのまえにつく。

「──マネージャー、オレっち部屋よらねぇで直帰させてほしいんスけど、だめっすか？」

運転席のマネージャーにギリシャが言うと、「俺も」と風真がつぶやく。

マネージャーはなにもきかず、しずかにアクセルを踏《ふ》んだ。

「そうか……わかった、じゃあ今日はこのまま家に送──って、ちょ、沙良⁉」

「ふざけないでくださいよ」

沙良は、走りかけた車のスライドドアを強引《ごういん》に開けた。

マネージャーがあわててブレーキを踏む。

「危ないじゃないか！　なにを……」

「帰る？　冗談《じょうだん》じゃないね」

押し殺した沙良の低い声に、気圧《けお》されたようにマネージャーが黙《だま》った。

沙良は気にせず、一騎を、そして風真をにらむ。

「──ねえ、負けたままでいいの？」

その言葉に覚えがあったのか、はっと顔をあげたのは一騎だった。

「ボクを本気にさせたくせに、失敗したままなんて許さないよ、風真」

「お、俺……？」

「一騎にはボクを引きとめた責任を取ってもらうし、ギリシャはさ、もともと底辺アイドルのくせになにドン底みたいな顔してるわけ？」

「だーれがっ底辺アイドルだ！　性格底辺アイドルに言われたくねー！」

「桔平」

「は…はいっ」

「練習の成果、出てたよ。あのステージでよく最後まで笑顔《えがお》でやり切ったと思う」

「はい！」

「いやまて、なんかオレっちのあつかいだけひどくねっ⁉」

わめくギリシャの声をききながら、沙良は車を降りた。

「ドルチェ部屋によらないで直で帰る？　冗談じゃないね」

胸の奥が、めらめらと燃えるような感覚がした。

悔《くや》しい。

最高のパフォーマンスを、観客に見てもらえなかった。

観客は、ドルチェよりもべつのアーティストを選んだ。

これほど悔しいことがあるだろうか。

「――今日ステージを見に来なかっただれもが後悔《こうかい》するほど輝《かがや》いてやる」

「沙良……」

「ほら、いつまでボーッとしてるの。まずはミーティングでしょ。もしかしてサボる気？」

わざと見下したように言ってやって、たきつける。

予想どおり、メンバーたちは立腹したようにつぎつぎと車から降りてきた。

「おめーにサボりとか言われっと納得《なっとく》いかねーなぁ」

「だよな、一番のサボりは沙良だしな」

「よく言うよ、直帰しようとしてた二人が」

三人のあいだでバチバチと火花が散る。

でも、悪くない表情だった。

「夢は、東京《とうきょう》ドーム……なんてどうですか？」

部屋に上がるエレベーターのなか、桔平がふとそんなことを口にした。

「ドームってあそこの客席、六万くらいなかったっけ？」

一騎が目を丸くする。

「はい。だから、すぐは無理です。満席にするには、まだまだ僕たちの実力じゃ遠い。だから
まず、そのまえの目標地点を決めるんです」

気弱な桔平の真剣《しんけん》な目に、みんなは息をのんだ。


「いいな、それ」

笑ったのは風真だ。

「夢は東京ドーム！　ならその前に叶えなくちゃいけないのは……」

「「聖地、武道館《ぶどうかん》！」」

みんなの声がハモる。

こうして、ドルチェはふたたび前へと進みはじめた。

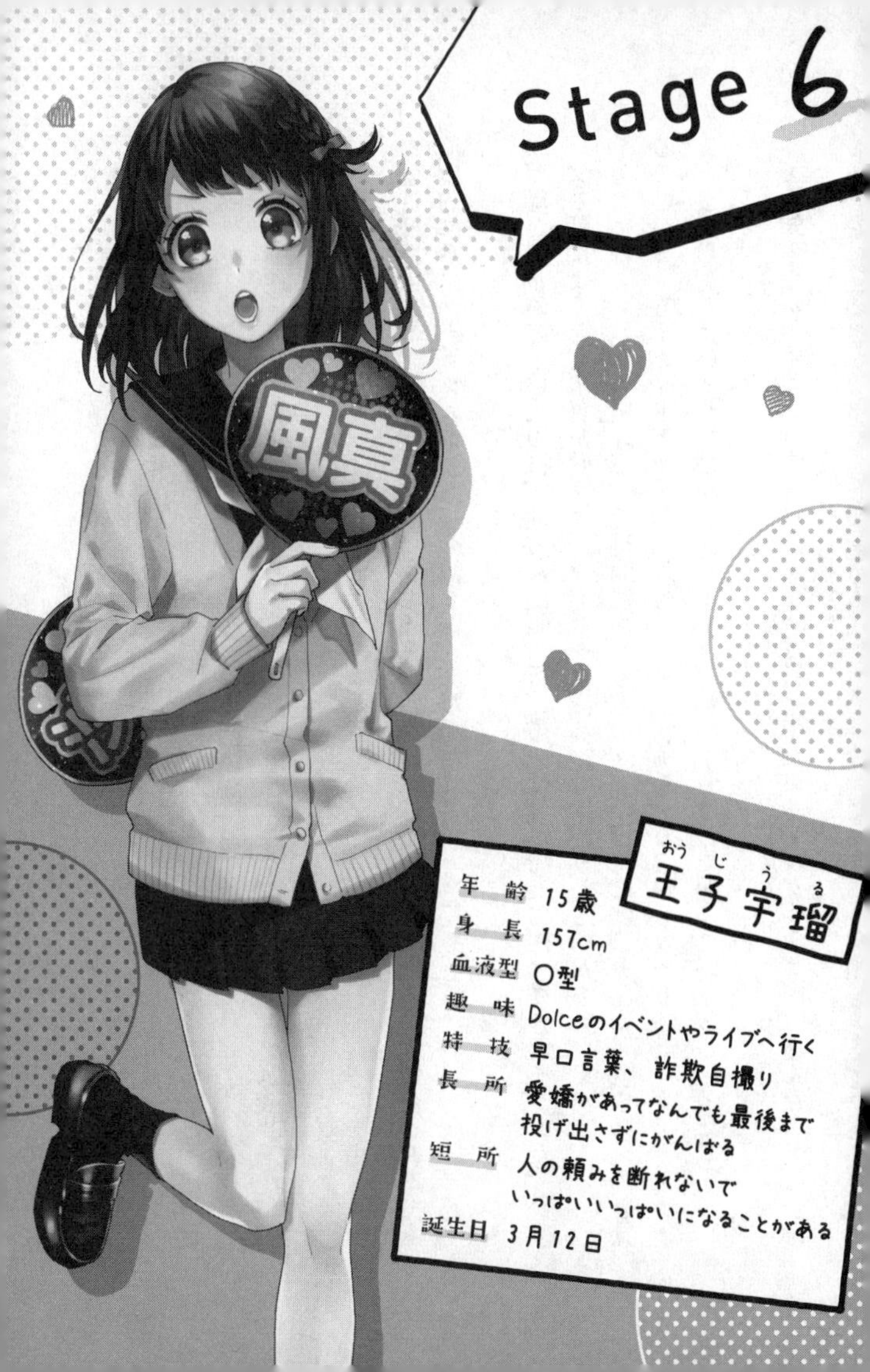
Stage 6
風真
王《おう》子《じ》宇《う》瑠《る》
年齢 15歳
身長 157cm
血液型 O型
趣味 Dolceのイベントやライブへ行く
特技 早口言葉、詐欺自撮り
長所 愛嬌があってなんでも最後まで投げ出さずにがんばる
短所 人の頼みを断れないでいっぱいいっぱいになることがある
誕生日 3月12日

stage 6

それからのドルチェは宇瑠ですらすべて追いきれないほど、こまかな活動を広範囲《こうはんい》で行うようになった。

書店や商業施設《しせつ》でのミニライブはもちろん、首都《しゅと》圏《けん》だけじゃなく、地方の地域イベントでも積極的にパフォーマンスを披露《ひろう》しに行くようになった。

宇瑠が一番おどろいたのは、地方に出張に行っていた父が持って帰ってきたチラシだ。

父の話によると、風真がパフォーマンスを披露しつつ手配りしていたらしい。

そこにはメンバーの紹介《しょうかい》や、近日開催《かいさい》されるイベントの日時だけじゃなく、歌やダンスを見ることができるインターネット動画共有サービスサイトへの案内ものっていた。

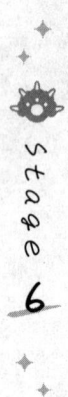

どうやら、こういったものをメンバーそれぞれが手分けして配っているらしかった。

「でも知らなかったなぁ、宇瑠が好きだって言ってたアイドルグループに、あんな有名な子がいたなんて」

『Ｍｉｍｉ』のカウンターで、祖父がカップを磨《みが》きながら言う。

宇瑠は、カフェスペースで飲んでいたショコラショーから顔をあげた。今日はお手伝いではなく、お客として席にいるのだ。

「うん。そうだね、大々的に宣伝文句にはしてなかったから」

祖父が言っているのは沙良のことだ。

これまであまりドルチェでの活動に親の名前を出してこなかったのは、沙良の希望によるものだったのだと、宇瑠は思う。

もちろん沙良はすでに子役としてテレビに出ていた過去もあるから、知っている人は知っているという状態ではあったけれど。

(沙良くん、ご両親とはいろいろあるみたいだから)

沙良がスマホを捨てたところを見たのは、どのくらいまえのことだっただろう？

着信をしらせるスマートフォンの画面は、発信主を『母親』だと告げていた。

それに、有名人の子どもとして過度の期待を受けて育ち、自分自身のアイデンティティに苦しんでいる姿も見た。

けれど、と宇瑠はカウンターに置かれた新聞に目を向けた。

新聞と一緒《いっしょ》に、今朝のチラシもたたまれて置いてある。

その一番上に見えているのが近所のスーパーのチラシ、その目玉商品として写真が載《の》っているのが、ハニワ堂のプリンだ。

『オレと一緒にプリン食べてキュンとしよ?』のフレーズで、現在この商品のイメージキャラクターをつとめているのが、塔上沙良だった。

夏フェス以降、沙良はとつじょとして路線を変更《へんこう》し、両親のビッグネームを前面に出してテレビへの露出《ろしゅつ》をはじめたのだ。

(ドルチェの名前が学生よりも上の世代に知られるようになったのは、沙良くんの功績が大きいと思う……)

そしてテレビを使った宣伝にのり出した沙良とは対照的に、のこる四人のメンバーが力を入れているのが、インターネットサービスだ。

もともと風真の盗撮《とうさつ》画像流出や、枯平のストリートでのダンス動画の件があったせいか、ドルチェがはじめたSNSはすぐに話題を集めてフォロワー数をのばした。

そのSNSからもインターネット動画共有サービスへの案内を積極的にすることで、瞬く間《またた》にドルチェの歌と存在は世に知られていった。

（なかでも豆井戸くんと眠くんの、小中学生向けのダンス講習がすごくウケてるんだよね……）

学校の体育授業で行われているダンス科目への対策として、ギリシャと桔平がダンスを教える『どるちぇダンスくらぶ』という無料動画が視聴《しちょう》回数をぐんぐんとのばしている。

性格が正反対の凸凹《でこぼこ》コンビだけれど、ダンスが得意なふたりのお笑いアリのわかりやすいレッスンが、「授業に生かせるし面白《おもしろ》い！」と好評なのだ。

（それに風真くんと灰賀くんは、歌で勝負をしかけてる）

風真はチラシ配りに力を入れる一方、一騎と一緒に数多くの歌を動画サイトにアップしていた。

沙良をテレビで見た人、授業対策に動画をチェックした学生、空き時間にスマホで動画サイトの歌をきき漁《あさ》っていたひとたち。

着実に、ファン層はひろがりを見せていた。

宇瑠の手の中で、スマートフォンの画面がドルチェの姿をうつす。

あの忘れもしない夏の音楽フェスでのステージを、事務所が公式に録画していたものだ。

これがドルチェ関連の動画の中で、一番視聴回数をのばしていた。


「だって、最高だったもん……」

フェスでのことは、宇瑠だって悔《くや》しかった。

もちろんそれ以上に、ドルチェのみんなのほうがずっとずっとつらくて悔しかったと思う。

「──でも、だれも。だれひとり、折れてない」

彼らは悔しさをバネに変えた。

きっとこれから大きく大きく躍進《やくしん》する。ぜったいに。


「宇瑠、なにか言ったかい？」

「ううん、なんでもない。──じゃあ、わたし帰るね。ごちそうさま！」

空になったカップをさげる。

「ケーキも食べて行ったらいい」

「だいじょぶ。勉強しないとだし！　あ、みなさんはごゆっくりしていってくださいね！」

常連さんたちに頭をさげて、お店を出る。

がんばってね、の声とともに、「あんな明るい顔して勉強に向かうなんてすごいわね」という声もきこえた。

（そう。すごいんだよ。だって、わたしにはドルチェがついてるから！）

ドルチェが大好きだ。

歌も、ダンスも。もちろん風真も。

そしてあきらめず夢をつき進むみんなの姿も。

そんな彼らを追いかける宇瑠自身も、自然と夢に近づいていた。

『ドルチェニンジン作戦』のおかげで、宇瑠の成績は順調に伸びを見せているのだ。

この調子ならワンランク上の高校を目指せそうなのだという。

そこには『製菓部《せいか》』がある。専門的な製菓技術が学べる部活なのだという。

ショコラティエを目指すのに、行っておいてぜったいに損はない。

（わたし、まだまだがんばれる。ドルチェのみんながかんばってるから、わたしだってもっともっとやれるんだ！）

大好きだから、できる。

（大好きって、やっぱり最強でしょ！）

「元気みたいだね」

マンションに帰ってくると、沙良がちょうどドルチェ部屋から出てきたところだった。

「はい。ドルチェのおかげさまさまで」

答えながら、しげしげとそのムダにきれいな顔を眺《なが》める。

「なんなの、人の顔じっと見て」

「んー、やっぱり沙良くん、実物だとなんだかちがう気がして」

「……あぁ、テレビとってこと？」

「はい。テレビだと儚《はかな》げっていうか、ちょっと翳《かげ》のある美少年ってかんじですけど、実物はこう……なまけもの的な？　かなりだるだるっとしたかんじというか」

「はあ。私生活でまで、いちいち表情《かお》つくってられないでしょ。つかれる」

「あ、やっぱりアレはつくり物なんですね、さすがプロ。プリンのCMなんてすっごいキラキラしてるからびっくりしました」

「そりゃあまあね」

　この得意げな顔なんか、テレビでは絶対に見ることができない顔だ。

　考えてみれば、こうして顔を見るどころか、言葉を交《か》わすのは本当にひさしぶりだった。フェスが終わって以来、沙良は多忙《たぼう》だったから。

「あの……」

　話したいことが、たくさんある気がした。

　ききたいことも、おなじくらいたくさん。

　でも、だめだった。

「おおい、沙良、早く車に乗って！」

下から、マネージャーらしき人が沙良に呼びかける。

「……じゃあ、いくよ」

「はい。いつも応援《おうえん》してます」

にっこり笑って手をふりながら、沙良を見送る。

遠ざかっていく、沙良の背なか。

なぜかとうとつに、さみしい、という感情が湧《わ》いた。

声をかけようと、口がひらきかける。

(でも、なんて言うの……?)

わからない。

言葉が出てこない。

でも――。

沙良の足がエレベーターのまえで止まる。

宇瑠がなにか声をかけようとするより早く、沙良はふり返った。

「ありがとう」

「……え？」

「まえの、あのめちゃくちゃなショコラ理論。意外と心にささった」

ああ、と思う。

――材料《おや》がすごいからって、勝手にすごいものができあがるなんて思わないでください！

そんなことを、沙良に言ったことがあった。

「正しいような、正しくないような、正直それはよくわからなかった。でも、ボクはあれですこしだけ踏《ふ》ん切りがついた気がする」

「そっか……ならよかったです」

「でも、どんなにおいしいショコラも、食べてもらえなかったら意味がない。ボクは、食べてもらうために――ドルチェを知ってもらうために、親のブランド力を最大限に使わせてもらうことにしたよ」

(そっか……だからとつぜん、芸能二世を押し出して、テレビへの出演をはじめたんだ。ドルチェのために)

エレベーターが到着《とうちゃく》を告げる。

「来るでしょ？　東名阪《とうめいはん》」

沙良は中に乗りこむと、扉《とびら》が閉まる寸前にそうきいてきた。

「もちろん！」

東名阪は、東京、名古屋《なごや》、大阪の略。

この三か所でのライブツアーをやることを、東名阪ツアーともいう。

ドルチェはフェスの直後に不屈《ふくつ》の意志を見せつけるかのように、このライブツアーを予告していた。

宇瑠はチケット買ったよ！　の意味を込めてVサインを送る。

「待ってる」

その声だけをのこして、扉は閉まった。

それから残暑は過ぎさり、街路樹の葉は色を変え、沙良とは話をする機会もないままに、やがて木枯《こが》らしが吹《ふ》いて鉛色《なまりいろ》の冬がやってきた。

翌年　二月。

ドルチェ東名阪ライブツアーは、爆発的《ばくはつ》な大盛況《だいせいきょう》のうちに最終日東京公演をむかえた。

当日はきびしい冷え込みで、小雪の舞《ま》うなか、開場を待つ列がずらりとつづいた。

整理券の番号順にならんだ宇瑠は、その列の長さに圧倒《あっとう》されていた。

これまでのライブとは、想像以上に規模がちがう。

会場の最大客席数《キャパシティ》からそれはわかってはいたけれど、じっさい目にすると、ただただ驚《おどろ》くしかない。

（ホントに、ものすごい躍進《やくしん》じゃない、これ……！）

中は全席立ち席《スタンディング》だ。

右手と左手にペンライトをにぎりしめて、オープニングを待つ。

照明が落とされ、会場がしずまりかえる。

スクリーンに映し出されるカウントダウン。

そして、ついに開幕！

弾《はじ》けて交差する鮮《あざ》やかなレーザービーム。

そのなかを、オオカミモチーフの衣装を着けた五人が飛び出してくる。

わっと沸《わ》きあがる歓声《かんせい》。

オープニングを飾《かざ》るのはアップテンポな『イロドレ』だ。

風真も、沙良も、一騎も、ギリシャも、桔平も。

二月なのに汗《あせ》を光らせながら、歌にダンスにと全力でステージを駆《か》けまわる。

彼ら自身、全身でこのライブを楽しんでいるのが伝わってきた。

そしてなにより、観客を一番に楽しませようとしていることも。

歌に込められたパワーが真正面からぶつかってくる。

曲を彩《いろど》るシャボン玉、ジェットスモーク。

意地が感じられるほどの派手な舞台《ぶたい》装置がつぎつぎに炸裂《さくれつ》する。

観客たちも、五人がつむぐドルチェ・ワールドと一体になって盛りあがった。

エンディングの『ベビベビ』では、ついに感極《きわ》まったように風真が歌声をつまらせた。

そこへ一騎がそっと寄りそい、目いっぱいに涙《なみだ》を浮《う》かべながら、風真の歌声をカバーする。

「――みんな、今日はきてくれて、ほんとにありがとうな！」

「でもオレっちたち、まだまだこんなもんじゃないぜぇっ！」

「ボクたち、もっともっと先へいくから！」

「一緒《いっしょ》についてきてください！」

「ぜったいに損はさせないよ！」

メンバー五人が目を合わせてうなずきあい、一列に肩《かた》を組む。

「みんなでいこう！　この、夢の先へ――！」

メタルテープのキャノン砲《ほう》が、ほんとうに夢のような時間を締《し》めくくる。

それと同時に、いままでのたくさんの苦労や悔《くや》しさが、宇瑠の胸にどっと押しよせる。

宇瑠の目頭《めがしら》はぎゅっと熱くなった。

涙がつぎつぎにあふれて止まらない。

たくさんの感情がこめられた、思いのこもった渾身《こんしん》のパフォーマンスだった。

熱いステージだった。


（ドルチェは、変わった……！）


宇瑠はこれまでずっと、ライブのときには風真をメインとして目で追っていた。

風真が推《お》しだから。風真に胸をつき動かされるから。風真が輝《かがや》いて見えるから。


でも、今日はちがった。

メンバーそれぞれが個性を発揮して、まばゆいばかりに輝いていた。

みんなに魅了《みりょう》されて、それぞれが宇瑠の視線を惹《ひ》きつけてやまなかった。

ドルチェの魅力は個々が発揮したカラーによって、何倍にも何十倍にもふくれあがった。

まだまだ、ドルチェは先へいける。

もっともっと、ここよりも遠く高い、夢の先へ！


そして宇瑠は来週、きょう満タンにしたパワーを胸に、高校入試に挑《いど》む。


そろいのラフなTシャツに着がえて、アンコールにこたえてステージへと躍《おど》り出る。

大波のような歓声が沙良たちをのみこんだ。

明かりの落とされた観客席は真っ暗で、色とりどりのペンライトが無数に光る光景は、まるで満天の星空のようだった。

ファンたちに渾身の歌をぶつければ、渾身の声援《せいえん》がかえってくる。

打てば響《ひび》く、ファンとドルチェが一体になったように感じた。

こんなことははじめてだった。

子役として人気ドラマに出たときも、有名プロデューサーにオリジナル楽曲を提供してもらったときも。

塔上沙良としてソロでCDを出して、コンサートを行ったときも。

これほどの興奮と、体から湧《わ》きあがる熱を感じたことなんて、一度もなかった。

こんなに、ステージを去りがたいと思ったことも。

もっとここで歌いたいと思ったことも。

もっとここでダンスを踊《おど》っていたいと思ったことも。

(これがドルチェでうまれた、新しいボクなんだ——)

もう、父親や母親のビッグネームだの、親ゆずりの実力だなど、そんなことはどうでもよかった。

歌いたい、踊りたいと思うこの衝動《しょうどう》こそが、塔上沙良。自分自身だ。

(そうだよね、宇瑠)

宇瑠は客席中段あたりにいた。

暗い客席の中から、どうやって宇瑠を見つけ出したのか、自分でもよくはわからない。

けれど、ふしぎと視線が吸いよせられた。

向こうもじっと沙良を見つめていた。

あの、オーディションのときに風真だけに向けていた、キラキラとかがやく夢中の瞳《ひとみ》で。

Stage 7

Stage 7

宇瑠は、志望校にぶじ合格をはたした。

ときおり吹《ふ》く春特有の突風《とっぷう》が桜の花びらを散らすなか、半日のオリエンテーションを終えた宇瑠は、足どり軽く自宅マンションへと帰る。

（あしたからスカートの長さ、どうしようかな。あんまり長いとダサいとか思われちゃうし、でも短いとお母さんたちに怒《おこ》られちゃうし、足が太いのばれてもいやだし……）

うーん、とむずかしい顔で考え込みながらエレベーターを降りた。

考えなくちゃいけないのはスカートのことだけじゃない。髪《かみ》の色、ピアスはどうする？　くつ下は何色で長さはどうする？　メイクしていくにはまだ早い？

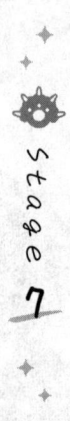

受験から解放されたいま、頭を悩《なや》ませるのは身だしなみのことだ。

母親に相談するとすぐに「ませたこと言って！」なんて言われてしまうけれど、これからの高校生活をきめる大事なことだと宇瑠は思う。

（身もフタもない話だけど、はじめはみんな見た目で声かける相手を選ぶんだもん！　そういうものだもん！　いい友だちつくらなくっちゃ！）

あんまり背伸《せの》びはしたくない。

かといって、ばかにされるのも嫌《いや》だ。

身だしなみは自分の立ち位置を決める、女の子の重要な装備なのだ。

（めざすところはちょうどいい感じの中間層――って、ん……？）

宇瑠は目を凝《こ》らした。

いや、凝らさなくてもよく見える。

廊下《ろうか》のどんづまりに、だらりとのばされた足が見えていた。

「沙良くん!?」

おどろいた。

ずいぶんとひさしぶりなシチュエーションだった。

おどろくと同時に、あきれてしまう。

「またこんなところで寝《ね》てる！　この期《ご》におよんで、まだサボってるんですか⁉」

仁王立《におうだ》ちで声をかけると、春の陽気にうとうととしていた沙良が、ゆっくりと目をひらいた。

「……宇瑠」

「最近すっごくまじめにがんばってるかと思えば――」

「おめでとう」

まだどこか眠《ねむ》そうに、それでもしっかりと宇瑠の目を見ながら、沙良は告げた。

「高校合格、おめでとう」

「あ、あり……がとうございます」

「まあまあかわいい制服だね。よかった。制服ダサいところだったらどうしようかと思ってた」

沙良はすこし姿勢を直しただけで、起きあがらない。

廊下に腰《こし》をおろし、背なかを手すりの壁《かべ》にもたせかけたまま、となりに腰をおろせと言うように、ぽんぽんと床《ゆか》を叩《たた》く。

ちょっとためらいつつ、宇瑠は沙良のとなりに腰をおろした。

宇瑠だって、つたえないといけない言葉がある。

「おめでとうございます、メジャーデビュー！」

二月に東名阪《とうめいはん》ツアーを成功させたドルチェは、これまでのエッグレコード付属会社所属という立場から、正式にエッグレコードの一員となった。

そしてこの四月、ついにCDメジャーデビューを果たしたのだ。

「買いましたよ、アルバム『恋《こい》より甘いDolceはいかが？』！　最高でした！」

「ありがとう」

「でも、油断してサボりとかはダメですよ？」

念を押すと、沙良は眠たげにあくびをかみ殺した。

「言っておくけど、サボってるわけじゃないよ。いまは休憩《きゅうけい》時間。風真と桔平はボイトレしてるけど」

「あ、休憩時間か。失礼しました」

「練習もちゃんとやってるよ。ボクにしては奇跡《きせき》的なくらいね。ただ、次のライブの準備とか、いろいろ忙《いそが》しくって」

寝不足なのか、沙良はもう一つ大きなあくびをする。

そのいかにも眠い、だるい、もう動きたくないといった態度に、なぜかホッとした。

「なに、その笑顔《えがお》」

「ううん、ちょっと。どんなにテレビや雑誌でキラキラしたキメ顔してても、やっぱり沙良くんは沙良くんだなって」

「それは喜ぶところ？　怒るところ？」

……どうだろう。

「でもなんか安心はしました。変わらなくて、どんなに人気が出てきても、まだ近い存在なんだなって思えるっていうか……」

言ってから、ハッとする。

(近い存在って、なに言ってるんだろ……！　ドルチェとわたしはただ部屋がとなりなだけで、なんにも『近い存在』じゃないじゃんっっ！)

自意識過剰《かじょう》なことを言ってしまった。恥《は》ずかしい……！　宇瑠は後悔《こうかい》でもだえた。

沙良はきっと「なに言ってんだコイツ」的な目をするだろう。

と、そう思ったのに、予想は外れた。

沙良はどこかくすぐったそうに笑ったのだ。

「変わるわけないでしょ。ボクはボクだよ」

「は、はい。ですよね！」

つられて宇瑠も笑う。

「――ところで、そのカバンについてるアクリルキーホルダー……」

「はいっ！　風真くんのアクキーですっ！」

沙良は一転してむすっと不機嫌《ふきげん》な顔になった。

「風真、ねぇ」

じとっとにらむような目で、沙良は宇瑠の服装をざっとチェックする。

「髪ゴムもあいかわらずピンク。スマホカバーもピンク。風真のアクキー。それにそのハンカチ」

「ドルチェ公式グッズのタオルハンカチ・風真くんバージョンです！　ちなみにバッグの中のクリアファイルも風真くんですよ！」

沙良は顔を引きつらせた。

「ピンク、ピンク。ピンクだらけ。……子どもっぽいと思わない？」

「風真くんカラーですから」

「もう高校生なんだから、ピンクばっかりじゃどうかと思うよ」

「そんなことないです」

「そんなことある」

沙良はポケットから紫色《むらさきいろ》のシュシュをとりだした。

かと思うと、問答無用で宇瑠の手をとり、手首にそれをはめる。

「はい、これでよし。紫なら大人っぽいでしょ」

「ああっ！　これって発売されたばっかりのドルチェグッズじゃないですか！」

「そう。あげるから、つけてなよ」

「あ、でもわたしちゃんと風真くんカラーのこれから買う予定で！」

「……いらないでしょ。これがあるんだから」

おでこをピンと弾《はじ》かれた。

「イタッ」

「まさかこっちがいらないなんて、言わないよね？」

「い、言いません……。ありがとうございます」

手首にはまった、紫のシュシュを見る。

ドルチェのロゴとともに、『Ｓａｒａ』の名前が印字されている。紫は沙良のイメージカラーだ。これは宇瑠がはじめて手にする沙良グッズだった。

（──ほしいのは風真くんグッズのはずなのに、なんか、うれしい……）

シュシュをつけた手首がほんのりとあたたかい。

そして胸の奥もおなじくらい、なんだかあたたかいような、そんな気がした。

「ところで、まえにつけてたミサンガは？」

「あぁ、あれ切れちゃいました」

「こわれちゃったんだ？　けっこうよくできてたのに」

「でもいいんです。ミサンガって切れたら願いが叶《かな》うんです」

あれは学業成就《じょうじゅ》の願いを込めたミサンガだった。

志望校に合格できたのは自分が必死になって勉強したからだし、べつにミサンガのおかげで合格したとは思わないけれど、それでもやっぱりなにか効果はあったんじゃないか──そんな気がしている。

「ふうん、で、ボクのは？」

「え？」

「まえに言ったよね？　ボクにもつくってくれるって」

(言った……ような、うやむやだったような……？)

「はやくつくってよ。風真カラーでいいから」

「でも、沙良くんは紫担当だし、どうせなら――」

その先を、沙良が手で止めた。

「紫は才能とか忍耐《にんたい》って意味でしょ？　忍耐なんていらない」

ミサンガを編むときの色の意味を、わざわざしらべておいたという。

そこまでして待っててくれているなら、と宇瑠はうなずいた。

「わかりました。じゃあ、つくっておきますね。でも、ピンクは意味が」

言いかけたところで、廊下《ろうか》を歩いてくる足音がきこえた。

歩いてくるのは宇瑠の妹、六花だ。

「あ、おねえちゃんただいまー」

「おかえり」

「そんなところでなにして――ってあぁあっ！　塔上沙良！」

六花は声をあげて沙良を指さした。

「え、え、なんでふたりで仲よくくっついてんの？　え、え、なに、おねえちゃんもしかして……！」

「ちょっと、うるさい。大きな声出さないで！」

「だって、どっからどう見たって仲むつまじいカップぷむぐぅ……」

「ちがう！　なにばかなこと言ってるの！」

あわてて妹の口をふさいだ。

なんだか言わせてはいけない単語がでてきそうだった気がする。

沙良は妹にむけて、テレビ画面の中のようなキラキラの笑みを見せた。

「妹さん、仲むつまじい、なに？　ききたいな」

「も、もごぉ……！」

「なんでもないです！　それじゃあ、わたしたち帰りますね！　風真くんに応援《おうえん》してるってお伝えください！」

宇瑠は妹を引っぱって玄関《げんかん》に向かう。

「──風真、だけなの……？」

ドアを閉めるとき、まるでひとりごとのような、小さな声がきこえた。

「もちろん沙良くんも応援してます。……ミサンガ、待っててください」

なぜだか、それだけを言うのに顔が熱くなった。

パタン、とドアを閉じきってしまうのも、なんだかもったいないような、なごり惜《お》しいような気がした。


「────で？」

「『で？』って？」

帰宅後、着がえるなり机に向かってミサンガづくりをはじめた宇瑠に、六花はナゾの声かけをしてきた。

『で？』の意味がわからない。

「っていうかちょっと、ノックぐらいしてから入ってきたら？」

「いいじゃんべつに。それよりおねえちゃん、塔上沙良とつき合ってるの？」

「はあっ!?」

冷静にきき返したはずだったのに、声がかんぜんに裏返っていた。

「ば、ばっかじゃないの？　わたしが、沙良くんと、つつつ……」

「つき合ってないの？」

「あったりまえでしょ！」

力いっぱい叫《さけ》んだから、編みはじめた糸がもつれてしまった。やりなおしだ。

「や、すごいなーとか、すてきだなーとかは思うよ？　でも、よりによってなんだって、す……すき…、だなんてありえないしあっちゃいけないでしょフツー！　っていうかアイドルだし!?

だ？」

ガチ恋《こい》とかない！　ダメ、ゼッタイ！」

「ははーん、相手がアイドルだからって、そうやって自分の気持ちをなかったことにしてるんだ？」

「なかったことにしてるんじゃなくて、最初からないの！」

力いっぱい否定すると、六花はあきれたような目で宇瑠を見た。

「ふーん……。でも知らなかったなー。おねえちゃんって風真推《お》しなんだと思ってたのに、沙良推しだったんだ？」

「はあぁっ!?　ばか言わないで！　わたしは永遠の風真くん神推しだから！」

「じゃあ、どうして塔上沙良と仲よくしてるの？　塔上沙良のほうがアイドルとして白雪風真よりカッコいいって思ったからじゃないの？」

「ぜんっぜんちがうし！　それにわたしが知ってる沙良くんは、アイドルとしての沙良くんじゃないから！」

宇瑠が知る沙良は、出会いがしらに宇瑠をストーカー呼ばわりしたあげく、肌荒《はだあ》れしてるだの目の下のくまがひどいだの、ダイエットはムダだのと失礼なことばかりズバズバ言うし、みんながレッスンしているあいだも一人だけサボったりしているような人だ。

本気なんて出さないなんて、冷たく鼻で笑ったりなんかもして。

公式サイトにあるクール系という紹介《しょうかい》には、ぜんっぜん当てはまらない。

むしろなかなかの最低男子だ。

（だ、だけど沙良くんは、それだけじゃない……！）

失礼な指摘《してき》をしつつも、宇瑠の寝《ね》る時間をすこしでも増やしてやろうと、勉強の要点を教えてくれた。

本気なんて出さないなんて言いながら、本気で仲間とぶつかったりもしていた。

宇瑠が知る沙良は、ぜんぜん素直《すなお》じゃない。

そして見えにくい優《やさ》しさを持った人だ。

有名すぎる親に悩《なや》み、親がもとめる自分と、そして自分自身のアイデンティティに悩む、等身大の十六才だ。

宇瑠が知るのは、アイドルとしての沙良じゃない。

ステージの上で輝いている沙良じゃなく、素の沙良の姿だ。

「わたしが好きなのは、アイドルとしてじゃなくて、一人の素顔の人間としての塔上沙良なんだから……っ！」

言ってから、ハッとして口を押さえた。

妹が、してやったりという顔で宇瑠を見ている。

「ふ～ん、『わたしが好きなのは』ねぇ～」

「あっ、ちが……っ、これはそういう好きじゃなくって、ラブじゃなくてライクってやつで！」

「もういいから、そういう変なごまかしは。じれったくてばかみたい」

「ば、ばかって、おねえちゃんにむかってそういう言いかた！」

わかったわかった、と六花は面倒《めんどう》くさそうに手をふった。

「ま、さっさと認めちゃえばいいと思うけどな。さっきのふたりでいるときの顔が答えだもん」

「顔⁉」

どんな顔してたっけ？

ぎょっとして両手で顔をおさえる。

どんな顔をしてたかなんて、自分ではわからない。

「さっきの必死にごまかそうとしてた顔だってそうだし」

「だから、顔ってどんな!?」

「それは自分の胸にきいてみたら？　ほんとは答えが出てると思うんだけどな」

六花の言葉が図星だったのか、どきっとした。

（わたしが、沙良くんのことを、好き…………？）

宇瑠はそっと自分の胸に手をあてた。

（これは、この気持ちは、恋……？）

すっ、と心が軽くなった気がした。

それと同時に、じわっと熱い感情が胸の奥からあふれてくる。

むずむずと熱くて、胸が苦しくて、じっとしていられない。

この感情の名前は――。

「ちょ、おねえちゃん!?」

「ありがと、ちょっとひきこもる！」

六花を部屋の外に押しだして、あらためて自分の机に向かう。

まずやることは、編みかけのミサンガの糸をほどくことだ。


「よし。ミサンガ、やりなおし！」

大きく深呼吸をひとつ。

用意するのは、恋愛成就《れんあいじょうじゅ》のピンク系の糸を数本。

それと、沙良カラーでもある紫《むらさき》の糸も。


（ミサンガは、気持ちを込めるものだから……！）

沙良は紫なんていらないと言っていた。

けれど、紫の糸にふくまれる意味は、沙良が言っていた『才能』や『忍耐《にんたい》』だけじゃない。

『思いやり』という意味もある。


（認める。わたし、沙良くんのことが……好き！）

だから。好きだから。

心を込めた、ミサンガを贈《おく》りたい。

（わたし、沙良くんの『思いやり』に、きっと恋をした。とっても見えにくい『思いやり』だよね。でも、そういうところが好きなんだって、そう思う）


アイドルとしての塔上沙良じゃなく、素の沙良を見て、知って。

そして沙良の、見えにくい優しさや思いやりを好きになった。


だから、その気持ちをミサンガに込めたい。

恋のピンク。思いやりの紫。

それから、机の奥底にあった手芸用の小さなパワーストーンも、ミサンガに編みこむ。

アメジスト。紫色のきれいなこの石は、恋愛の守護石だ。そしてヒーリングの石でもある。


気持ちが伝わりますように。

そしてもし、身につけてくれるのなら、沙良を守って癒《いや》してくれますように。

願いと、祈《いの》りと、心を込めて。

宇瑠はミサンガを編みあげた。

翌日の土曜日。

宇瑠はひさしぶりに『Ｍｉｍｉ』の制服にそでをとおしていた。

今日は開店前からのお手伝いだ。

甘く香《かお》り高いショコラと、焙煎《ばいせん》されるコーヒー豆のこうばしい香りがただよう店内を、宇瑠は念いりに掃除《そうじ》する。

祖父はいつにもましてしずかに、ただ黙々《もくもく》と店の奥でショコラをしあげていた。

あしたから、『Ｍｉｍｉ』は長期の休業に入るのだ。

たくさんの感情や、胸にこみあげるものがあるのだろうと、宇瑠は思う。

宇瑠としてはすこし複雑な気持ちだ。

ずっと目標にしてきた祖父の店が休業するというのは、やはりさみしい。

けれど、悲しんではいけない。

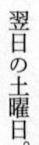

じつはこの休業というのは、けっして暗い話ではないのだ。

むしろちょっとあこがれるくらいの、いい話で——。

「おばあちゃんと日本縦断旅行かぁ、いいなあ」

宇瑠はカフェ用のフォークやスプーンなどのカトラリーをみがきながら、うらやましいなーとため息をはいた。

「ああ、夢だったからねえ。昔からの」

祖父は最後のショコラをショーケースにならべて、にっこりと笑う。

とても温かい笑顔《えがお》だ。宇瑠もしぜんと笑顔になる。

「おばあちゃんと旅行するのが夢だなんて、おじいちゃんカッコいいよ」

「そうかい？　でもこの年になってやっと叶《かな》えようと思ったのはね、宇瑠のおかげなんだ」

「わたし？」

思いもしない言葉に目を丸くする。

「そう。宇瑠が夢に向かって一生懸命《いっしょうけんめい》がんばってる姿を見て、自分もいまさらだけれどね、夢を叶えてみようかなと思ってね。なにせずっと手のとどく所にあって、後まわしにしてきた夢だったからね」

日本縦断旅行に行くには、お店をたくさん休まないといけない。

だからずっと、夢を見るだけで叶えようとはしてこなかったという。

「そっか……そうなんだ」

「笑顔って、うつるだろう？　それとおなじように、夢に向かってがんばる姿っていうのも、やっぱりだれかに影響《えいきょう》をあたえるものなんだろうね。笑顔よりも、ずっとまぶしいからね」

そう言って祖父は、日本縦断のあとは世界旅行かな、なんて言って笑った。

その表情がまぶしくって、宇瑠は目を細めてほほ笑んだ。

そしてむかえた開店。

長期休業のしらせをききつけた常連さんたちが、お店のまえにならんで待っていてくれた。

祖父や宇瑠にねぎらいの言葉や、ショコラの感想を教えてくれたりしながら、たくさんのお客さんがこれからの休業をおしんでくれた。

とぎれることのない列が、祖父のショコラが愛されていた証《あか》しだ。

そして、午後の六時。

ちょうどお客さんがとだえたところで、『Ｍｉｍｉ』はついに閉店の時間を迎《むか》えた。

おじいちゃん、お疲《つか》れさま――宇瑠が時計を確認《かくにん》してからそう言おうとした瞬間《しゅんかん》、お店のドアベルがカラン…とひかえめな音をたてた。

まだ、ドアにはオープンの札がかかったままだ。


「まだ、やってる？」

「はい！　いらっしゃいま……って、沙良くん!?」

なかをうかがいながら入ってきたのは、塔上沙良だった。

心の準備もなしに、こんなところでとつぜん会うとは思っていなかったから、宇瑠の心臓は急激にドクンドクンと早鐘《はやがね》をうった。


「どうして……」

「どうしてって、ふつうにショコラを買いにきたに決まってるでしょ」

「そ、そっか。でもごめんなさい、もうほとんどのこってないの」

しばらく食べることができないから、と常連さんたちはいつも以上にたくさん買っていってくれた。

いまショーケースにのこっているのは、たった二種類のボンボン・ショコラが数粒《つぶ》だけだ。

「まあ、こんな時間にきたのが悪いからね。のこりのぜんぶくれる？」

「はい！　ありがとうございます」

いそいでショコラを包む。

手を動かしながら、ときどきチラッと沙良のようすをうかがった。

こうして会えただけで、なんだかうれしい。

（これが、恋《こい》……）

おんなじお店のなかにいる。

それだけで、こんなにも胸がドキドキする。

「――あの、さ」

「は、はいっ」

急に声をかけられて、さらにドキンと心臓の鼓動《こどう》がはねた。

沙良はなぜか、宇瑠をちらりと見ては、目をそらす。

さいごには片手で口もとをかくして、不機嫌《ふきげん》そうにそっぽをむいてしまった。

なんだろう……？

「……なんなの、その制服」

「え？」

（なに？　とつぜんのダメ出し⁉　似合ってない、とか⁉）

「……制服かわいすぎ。反則でしょ」

きゅうっと胸の奥が音をたてて、体がじわっと熱くなる。

（か、かわ、いい……って、言った？）

信じられなくて、沙良の顔をただ見つめる。

不機嫌そうにそっぽ向いた顔は、目じりがしっとりと赤く染まっていた。

（まさか、本気で照れてるの……？）

わかったとたん、宇瑠は耳までボッと熱くなった。

(これって……これって………)

胸の奥からぶわっとなにかがあふれてきそうな感じがして、宇瑠はあわててきつく目をつむった。

(ち、ちがうっ。かわいいのは『制服』! わたしが赤くなってどうするの! そういうのを自意識過剰《かじょう》って言うんだから! 恥《は》ずかしいよ!)

わかってるのに、胸はやっぱりきゅうっと音をたてる。

好きな人に言われる「かわいい」のひとことが、こんなにうれしいだなんて知らなかった。

「そ、そうなんですっ。このお店の制服、かわいいんです、制服が!」

赤くなろうとする顔を、宇瑠はなんとか作り笑いでごまかした。

なんとなく気まずくなったところへ、ちょうど祖父がやってきた。

「宇瑠、もう帰りなさい。きみ、宇瑠のお友だちだね? 悪いけれどこの子のこと、送っていってくれるかい?」

祖父はどこか意味ありげな、それでいて楽しそうな笑《え》みを浮《う》かべて沙良に言った。

「——で。なんで、着がえちゃったの……？」

おまたせ、と帰りじたくをして出てきた宇瑠を見て、沙良はがっくりと肩《かた》を落とした。

「え、だってあのかっこで帰るのはさすがにちょっと」

「チッ……」

「沙良くん、舌打ちとその顔はアイドルとしてちょっとまずいと思う」

怨念《おんねん》まで感じるその表情に、宇瑠は苦笑いを浮かべた。

「あーわかった、沙良くんってメイド服萌《も》えってやつですね？」

「そうだけど」

「そ、そうだけどって……そんなあっさりみとめられちゃうと、どう反応していいか」

アイドルもメイド喫茶に行ったりするんだろうか？

そんな妄想を浮べかけたとき、宇瑠は目を見張った。

沙良が、きゅっと宇瑠の手首をつかんだのだ。
宇瑠は「沙良くん？」と問おうとして、できなかった。
なにも、言葉が出なかった。
沙良はこれでもかっていうほど不機嫌そうな顔をしている。
けれど、その目もとは、ハッとするほどに赤く色づいていたから。
「――好きな子がボクの好みな服を着てるとか、反則すぎでしょ」
ぎゅ、と沙良が手に力をこめる。
宇瑠はぼうぜんと沙良を見ていた。
（いま、好きな子……好きな子って、言った……？）
体がかぁぁっと熱くなる。
いま聞いたばかりの言葉が、信じられない。
ドックンドックンと鼓動が高鳴って、まるで耳のなかに心臓があるみたいだった。

（沙良くんが、わたしのこと……？）

「なんで下向いてるの？　なにか不愉快《ふゆかい》だったりしたわけ？」

つんと冷たい態度を装いながらも、やっぱり沙良の顔には照れがある。

さっきのは、きっとききまちがいじゃない。

宇瑠は爆発《ばくはつ》しそうな心臓をなだめながら顔をあげた。

「手、はなしてくれますか？」

言うと、沙良の目には一瞬《いっしゅん》傷ついたような色が宿った。

でも、ごめん。そうじゃないから、ちょっと待っててほしい。

宇瑠は自由になった手でショルダーバッグから小さな包みを取りだすと、意を決して沙良のまえにつきだした。

「あのこれ、どうぞ……！」

「なに……？　あ、ミサンガ」

沙良が包みを開いて取りだしたのは、宇瑠が徹夜《てつや》で編みあげたミサンガだ。

「はい。恋愛成就《れんあいじょうじゅ》のミサンガです」

本当は「好きです！」ときちんと気持ちを伝えて渡《わた》す予定だったけれど、ちょっと失敗してしまった。恥ずかしくって、言葉が出てこない。

（でも、いいよね……？　気持ち、伝わったよね……？）

ありがと、とぶっきらぼうに言って髪《かみ》をかきあげた沙良の耳が、真っ赤に染まっていたから。

「じゃあ、宇瑠がつけてよ」

沙良が右手を差しだす。

まだ、心臓はドキドキとうるさいくらいに音をたてている。

宇瑠は緊張《きんちょう》しながらミサンガをうけとって、沙良の手首にかたく結んだ。

「どう、ですか……？」

「まあまあ気に入ったよ。――でもなんで『忍耐《にんたい》』の紫《むらさき》が入ってるの？」

「紫にはほかに『思いやり』という意味もあるんです。わたし、沙良くんのわかりづらい思いやりが、すごく……いいと思うから」

言うと、沙良はおどろいたようにすこし目をみはって、それから、むず痒《がゆ》さをこらえるような顔をした。

きっと、あまりほめられることになれてないんだろう。

こういうところが、やっぱり好きだと宇瑠は思う。

「そうだ、これ。お礼に」

沙良はポケットから取り出したキーホルダーを、宇瑠のバッグにつけてくれた。

発売されたばかりのドルチェ公式グッズで、オオカミの肉球と、小さなふさふさしっぽがついている。——色はやっぱり沙良カラーの紫だ。

「あっこれ、つぎお小遣《こづか》いもらったら買おうとしてたやつ！」

「じゃあもういらないでしょ。これがあるから」

でも風真のピンクのやつが……と言おうとした宇瑠を、沙良がドヤ顔でにらむ。

「ひとつでじゅうぶん。だよね？」

「……は、はい。じゅうぶんデス」

ふたりはならんで歩きだした。

夕暮れに向かう景色に、春のあたたかな風がふく。

沙良の足どりはとてもゆっくりだった。

歩くのがおそいとかではなくて、宇瑠とならんで歩く時間を大切にしてくれている。そんなふうに感じる。

沙良ははっきりと「宇瑠が好き」と言ったわけじゃないけれど。

そして宇瑠も「沙良くんが好き」と告白したわけじゃないけれど。

(でもきっと、わたしたちふたりの関係は――)

なんだか足もとがふわふわとしていて、リアルな実感がない。

夢かもしれない。

夢だったらどうしよう……そんなふうに思う。

いや、それ以上に、かん違いだったら……。

かん違いなんかじゃないのなら。

(――手、つなぎたいな……)

その証拠《しょうこ》として、手を――。

「……手」

「は、はいっ！」

ぽつりとつぶやかれた沙良の言葉におどろいて、声が裏返った。

「て、手がなんですかっ⁉」

（も、もしかしておなじこと考えてた？　ふたりで手を……）

「手のそれ、ちゃんとあげたシュシュつけててくれたんだ？」

「あ、はい……」

ぜんぜんちがった！

がくっと密《ひそ》かに肩《かた》を落としかけたけれど、つぎの瞬間、沙良にシュシュをつけている方の手をぎゅっとにぎられて、宇瑠は飛びあがるほどおどろいた。

「宇瑠がピンクまみれじゃなくて、すこし安心した」

「さ、沙良くん」

「あ、なにこのひどいささくれ。女の子としてどうなの、この手入れの悪さ」

「……沙良くん……」

ほんっとデリカシーがない！　たしかに手入れが悪いのは事実だけれど！

「ちょっと宇瑠、なに手を引っこぬこうとしてるわけ」

「だって、沙良くんが粗《あら》さがしばっかりするから！」

「は？　粗さがしじゃなくって見たままを言っただけだけど？」

「じゃあ見ないでください、もうっ！」


手をとりかえして、一人でずんずんと先へと進む。

宇瑠は手がつなぎたかったのだ。

手のささくれを見つけてほしかったわけじゃない。絶対に！


マンションのまえに着いた。

早足になってしまったぶん、ちょっとだけ早く着いてしまったけれど。でも大丈夫《だいじょうぶ》。

隣《となり》のドルチェ部屋まではまだ一緒《いっしょ》だから。

それにきっとまた、こうして二人でならんで歩く機会だってあるだろうから。

宇瑠は沙良のくれたシュシュをつけて。

沙良は宇瑠の贈《おく》ったミサンガをつけて。

（そして次こそ、できればふたりでちゃんと手をつないで——）

と、ぼんやりとそう考えたところで、ポーチの段差に足をとられた。

「きゃ！」

「危ない！」

バランスを崩《くず》して転びそうになった宇瑠の手を、沙良がつかむ。

ぐっと支えてくれて、おかげで宇瑠は転ばずにすんだ。

「あ……あの、ありがとう」

「ちゃんとまえくらい見て歩いたら？」

沙良はあきれたように言う。

けれど、そうやってつないだままの沙良の手は、しっとりと熱くて、力強くて。

なにより、あきれ口調とは裏腹《うらはら》に、沙良の表情からは宇瑠を心配する感情がはっきりと読みとれて、宇瑠の心はじんと震《ふる》えた。

やっぱり、好きだ。

（ああ、神さま。この幸せがずっとずっと、永遠につづきますように……！）

そう思ったつぎの瞬間、宇瑠の頭のなかは真っ白になった。

――カシャッ！

響《ひび》いたのは、カメラのシャッター音だ。

宇瑠は、動けなかった。

沙良がだれかを追いかけて裏通りへと走って行く。

そのあいだも、沙良が息を切らせて戻《もど》ってきてからも、宇瑠はぼうぜんとしてその場にへたりこむことしかできなかった。

「……わたし、ファン失格だ……」

なにが起きたのか、理解した。

写真を撮《と》られたのだ。

宇瑠と沙良が、たまたま手をつないでいたところを。


それが、なにを意味するのかを。


ドルチェはアイドルグループなのに。

塔上沙良は、アイドルなのに。

いくら彼の素顔《すがお》が好きだなんて言ったって、沙良がアイドルであることに変わりなんてなかったのに！


沙良が宇瑠の背なかをなでながら、険しい表情でマネージャーに電話をかけている。

その姿を見ながら、宇瑠はただ自分を責めつづけることしかできなかった。

Stage 8

stage 8

沙良と宇瑠の関係は、はじまったようでいて、なにもはじまってはいなかったのだと、宇瑠は思う。


電話番号を交換《こうかん》したわけでもなければ、メアドや通話アプリを登録しあったわけでもない。

告白したわけでもなければ、つき合おうと約束したわけでもない。

だから、清算するのは楽だった。

なにもはじまっていない状態にもどすのなんて、かんたんだった。


会わないようにする。

家から出るときに、細心の注意をはらって、ぐうぜん顔を合わせたりなんてしないようにする。

それだけでよかった。

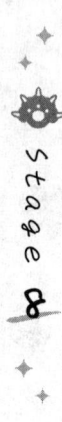

それだけで、あっさりと宇瑠と沙良のつながりは切れた。

学校帰りにマンション前で待ち伏《ぶ》せされたときには、沙良がいなくなるのをひたすら待ちつづけた。それでも外が真っ暗になるまで沙良がねばるから、意を決してダッシュで走りぬけたりもした。

沙良はなんども宇瑠に声をかけようとしてきた。

ポストには手紙も入っていた。

けれど、宇瑠はそのすべてを拒絶《きょぜつ》した。

（ごめん）

カメラのシャッター音がきこえたあの翌日。

撮《と》られた写真はネット上にアップされていた。

〈塔上沙良がファンを裏切ってデート。拡散希望。〉

そうタイトルをつけられた写真に、ファンのあいだでは動揺《どうよう》と不安がひろがっていた。

あからさまに怒《いか》りをむきだしているファンもいた。

さいわいだったのは、撮影《さつえい》時の手ブレがひどく、画像が沙良だと断定できるほどきれいには写っていなかったこと。

沙良だと言われればそう見えるけれど、でっち上げ写真だとだれかが言えば、それも否定できないような写りの悪さだった。

エッグレコードは静観するかまえだ。

かけつけてくれたマネージャーも、宇瑠にだいじょうぶだと言ってくれた。

でも、と宇瑠は思う。

だいじょうぶって言われたからといって、それを言葉通りにうけとっていいのだろうか？

もしまた、こんなことが起きたら？

つぎははっきりと顔が写った写真を撮られてしまったら？

アイドル塔上沙良は、きっとおしまいだ。

（ごめんね、沙良くん……）

アイドルに、恋《こい》なんてしちゃいけなかった。

それが沙良にとって、致命的《ちめい》なスキャンダルになるってことくらい、考えなくたってわかったはずなのに。

（つぐなわなくっちゃ……）

ドルチェのみんなは、デビューから今まで一生懸命《いっしょうけんめい》がんばってきた。

宇瑠はそれをずっと見てきた。ずっと応援《おうえん》してきた。

今までのみんなのがんばりも、努力も、苦労も、挫折《ざせつ》も、そこからの奮起も、ぜんぶ知っている。

それをここで、ぜんぶムダにしてしまうわけにはいかない。

宇瑠のせいで終わらせるわけにはいかない。

ぜったいに！

「おねえちゃん、いいの？　沙良くん外廊下《ろうか》で待ってるよ？」

「うん。いいの」

六花が部屋のドアを開けて声をかけてきたけれど、宇瑠はふり返ることなく机に向かっていた。

ボンボン・ショコラのアイデアを考えるために、北は北海道から南は沖縄まで、四十七都道府県の特産品を調べているのだ。

「今いそがしいから」

「ウソばっかり」

「ウソじゃない。ねえ、干し柿《がき》のブランデー漬《づ》けってのがあるみたいなんだけど、それをコンフィチュールにしてショコラとあわせるのってどうかな？」

「沙良くん、行っちゃうよ？　さっき荷物つみ終わったところだった」

「………」

宇瑠は答えない。

六花はまだなにかを言いたそうにしていたけれど、しばらくすると、ため息とともに部屋を出て行った。

ぱたん、とドアが閉まる音を背なかで確認《かくにん》して、宇瑠は机につっぷした。

ペンをにぎる手が震《ふる》える。

肩《かた》も、くちびるも。

なにか熱いかたまりのようなものが、のどの奥にぐっとつまっているような心地《ここち》がする。

目頭《めがしら》がじんと痛んで、視界がぼやけて見えた。

ぽたり、とメモ帳のうえに涙《なみだ》がこぼれる。

（泣くな。泣くな、わたし……！）

泣く資格なんてない。

宇瑠は、ドルチェをダメにしようとしたのだ。

ずっとがんばってきたみんなの努力を、めちゃくちゃにするところだった。

（ごめんね、沙良くん。ごめんねドルチェのみんな……）

迷惑《めいわく》をかけた。

だからもう、沙良とは会わない。

それが、ドルチェや沙良たちのためになるから。

「さようなら、みんな。バイバイ、沙良くん」

ドルチェ部屋は、きょう移転する。

そして宇瑠たち家族も、来月でこのマンションを出ていく。

あの写真を撮《と》った人物はほんの一瞬、それも後ろ姿しか見えなかったけれど、以前問題をおこしたストーカーに似ていた。そのことを家族に相談したところ、父が即座《そくざ》に引っ越《こ》しを決めたのだ。

それにドルチェ部屋も、あの写真から場所を特定して突撃してくるファンがあらわれたため、メンバーを守ろうという事務所による決断だった。

これで、ドルチェとの接点はすべてなくなる。

これで、もとにもどる。

ひとりのアイドルと、ひとりのファン。

それだけの関係に。


「でも、ずっとずっと、応援してる。応援してる、から………っ！」

つぎからつぎへと涙がこぼれた。

メモ帳がぐしゃぐしゃになっても、涙が止まることはなかった。

Stage 9

Stage 9

桜舞《ま》うなかでの入学式から、あっというまに時間が流れた。

制服はもうすっかり夏服だ。

じめっと蒸《む》す季節の到来《とうらい》だった。


「宇瑠ちゃん、このあといっしょにカラオケ行かなーい？」

「ついでにみんなでパンケーキ食べに行こうよ！　見て、この口コミにのってるやつ！」

放課後、すっかり仲よくなった友だちが、スマホ片手に宇瑠の席へとやってくる。

「ごめんっ！　このあと部活なの！」

宇瑠は両手をあわせながら断りを入れた。


「あれ、水曜日って部活休みじゃなかったっけ？」

「先生のつごうで今度の金曜日が休みになったから、かわりにきょうやるって」

「そっかぁ。ん～残念！」

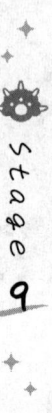

「あ、でもそれなら宇瑠ちゃんもいっしょに水着買いに行けるじゃん、金曜日」

「水着？　わー行く行く！」

じゃあ、またあしたね！　と笑顔《えがお》で送りだされて、宇瑠は廊下を早足で歩く。

部室は家庭科室だ。宇瑠は中学の時の目標どおり、製菓《せいか》部に入部していた。

家庭科室へ行く前に、職員室に立ちよる。

顧問《こもん》の先生から製菓用の材料をうけとるのが一年生の仕事なのだ。

職員室をたずねると、持たされたのはずっしりと重い段ボールだった。

きょうは焼き菓子だろうか。

バターの香《かお》りはするけれど、カカオの香りはしない。

いつのまにかくんくん鼻を鳴らしてにおいをかいでいたのか、先生が宇瑠を見てくすりと笑った。

「がっかりでしょう？　きょうは、パータ・ビスキュイなの」

「いいえ、がっかりだなんて、ぜんぜんそんなことないです！」

「まあ、ビスキュイはチョコとも相性《あいしょう》がいいから、覚えて損はないかしら。宇瑠さんはショコラティエが夢だものね」

「はい！」

中学入学のとき、夢を語ってばかにされた。

宇瑠は風真と出会って自分を貫《つらぬ》く勇気をもらったけれど、それでもやっぱり、高校入学でふたたびやってきた自己紹介《しょうかい》の瞬間《しゅんかん》は、こわかった。

けれどクラスメイトたちが中学とはちがうからか、宇瑠が変わったからか、それともみんな三年分成長して高校生になったからなのか、ショコラティエを目指しているとはっきりと告げた宇瑠を、ばかにする生徒は一人もいなかった。

製菓部に入りたくてこの学校を選んだこと、卒業後はその道の専門学校に通うつもりであることを話すと、むしろ「進路が決まってていいなぁ」とうらやましがられたくらいだった。

それはやっぱり高校生になって、大学進学か専門学校への進学か、あるいは就職か、といった大きな分かれ道へのカウントダウンがはじまったことへのあせりを、みんなが抱《かか》えるようになったからかもしれない。

なんにせよ、高校での新生活は悪くないスタートを切って、すでに夏を迎《むか》えようとしていた。

ぽっかりと胸に穴が開いているような、そんな感じはするけれど。

それでも、引っ越しや新しい高校生活、部活に勉強にと、とにかくあわただしくて、そのあわただしさが胸の痛みをごまかしてくれているような気がしていた。

「――ねえ宇瑠、じつは前から気になってたんだけど、その肉球キーホルダーってもしかして」

家庭科室について荷物をおろすと、製菓部の先輩《せんぱい》が宇瑠のバッグを見て指さした。

「あ、これは好きなグループのグッズで……」

「やっぱりぃいいいい！」

先輩はぱあっと顔を明るくして、自分のバッグからメイクポーチを取りだした。

ポーチにぶらさがっているのは、水色の肉球、そしてふさふさしっぽだ。

「あたしもドルチェ大好きなの！　一騎推《お》し！　宇瑠はそれピンクだから風真推しね！」

「あ、はい……」

そうだ。

バッグについているのは風真カラーのグッズだ。

……沙良にもらった沙良カラーのキーホルダーは、見るのがつらくて机のなかにしまってある。シュシュもそうだ。

「やった！　同志が見つかってうれしい！」

先輩は飛びつくようにして抱《だ》きついてきた。

「ねえねえ、ライブとか行ったことある？　あたし去年の秋ぐらいからのファンなのね、動画見てハマっちゃって。それでいざ生でライブ見に行くぞーって思っても、ぜんっぜんチケット取れないのー！　春ツアーも夏ツアーも！　わかる？　この悲しみ！」

「わかります。人気急上昇《きゅうじょうしょう》中ですもんね」

宇瑠も、二月に東名阪《とうめいはん》ライブツアーに行けたのが最後だった。

沙良と会うことはなくなっても、ドルチェの応援《おうえん》はずっとずっとつづけようと思っていた。けれど、四月にメジャーデビューを果たし、まさに破竹の勢いで売れはじめたアイドルのチケットはプレミアと化していて、チケットの当選はとてもむずかしくなっていた。

春のツアーは完全落選。

夏のツアーのチケットもすでに完売済みだ。

秋には、ファンクラブ会員のみがチケットの抽選《ちゅうせん》に参加できるファンミーティングが予定されているらしいけれど、それだって当選する気がまったくしない。

ドルチェと出会ったのは、去年の春休みのことだった。

ほんの一年と三か月前。

たったそれだけのあいだに、彼らは手の届かないような遠い存在になってしまった。

なんか、さみしい……。

そう考えかけて、首をふる。

（ちがう、さみしくなんてない。よろこばなくっちゃ、みんなが人気者になったこと、アイドルとしての夢の先にぐんぐんつき進んでいること！）

おめでとうって、心の底から祝福しないと。

そして、忘れるのだ。

沙良に対する、あたたかい思いも、切ない思いも。

会いたいという、身を引きしぼるようなこの感情も。

ぽっかりと穴が開いてしまった、この胸の痛みも。

ぜんぶ忘れて、生きていくしかない。

「さあ、準備しましょう、先輩！　きょうもおいしいスイーツをつくりましょうね！」

「う、宇瑠⁉」

先輩や、ほかの部員たちがおどろいたように宇瑠の顔を凝視《ぎょうし》した。

「――あんた、なんで泣いてるの⁉」

「え……？」

自覚のないまま、つめたい涙《なみだ》が頬《ほお》をつたっていた。

それから夏が過ぎ、秋が過ぎ、冬が過ぎ。

また春がきて、沙良がいないまま、宇瑠は高校二年生をむかえた。

ドルチェの人気は勢いを増し、かつて苦い思いをした夏の音楽フェスでは、Ｂステージ大トリでLIP×LIPとの共演まで果たしてみせた。

そしてついにこの冬。

宇瑠——高校二年生、十七歳。

ドルチェ初の全国ツアーが開催《かいさい》されることとなった。

（どうか、当選！　おねがい！）

学校から帰ってくるなりカバンをベッドのうえに投げだし、宇瑠は震《ふる》える指でスマホの画面を確認《かくにん》する。

宇瑠が申しこんだ東京会場は、もっとも抽選倍率が高かったという話だ。

かといって、高校生に地方まで遠征《えんせい》しにいくほどのお金はない。

祈《いの》る気持ちで抽選結果ページを確認し、宇瑠はバタンとベッドに倒《たお》れこんだ。

（………落選。やっぱりなぁ……）

体じゅうの力がぬける。

わかってた。むずかしいって。

それでもどこかで期待する気持ちは捨てきれなくて……。

希望をこなごなに打ち砕《くだ》かれて、心がまっ黒に染まるような気分だった。

(もう、ドルチェのことは動画サイトからしか応援できないのかな……)

あきらめに似た感情が、宇瑠のなかにわいてくる。

もうそれでいいんじゃないか、という思いも。

(だって、それがふつうだよ。ドルチェはメジャーアイドルなんだもん。ファンは抽選に当選したラッキーな人たちだけが会いにいける。ラッキーじゃなければ、動画サイトでライブのダイジェスト映像とかが公開されるのを、ただ待つしかない。……それが、あたりまえ)

それに、運よくチケットに当選したって、遠くからながめるしかできない。

ファンとアイドル。

それは思いのほか遠い存在だった。

鼻の奥が、つんと痛んだ。

涙が出そうになって、あわててうえを向く。

（泣いたって、しかたがないよ。わたしはただのファン。全国にたくさんいるファンのなかの一人。それだけなんだから……！）

沙良と出会えたこと。

沙良と話ができたこと。

……好きな子、と言ってくれたこと。

あれはほんの一時《いっとき》。

たった一瞬だけの奇跡《きせき》だった。

（……机の奥に大切にしまって、忘れよう）

思い出も、気持ちも、なにもかも。

宇瑠が沙良を忘れる。

沙良も宇瑠を忘れる。

それが、いちばん幸せなかたちだから。

（アイドルに恋《こい》しちゃ、だめだったんだから……）

帰ってきた妹が、リビングから宇瑠を呼んでいるのがきこえる。

宇瑠は寝《ね》たふりをすることにした。

こんな、泣きはらした目でなんて、恥《は》ずかしくて出ていけるはずがないから。


十二月とは思えないほど、夕方になってもその日はあたたかかった。

だんだん傾《かたむ》いた太陽が影《かげ》を長く伸《の》ばすなか、宇瑠はまわりに迷惑《めいわく》がかからないくらいの早足で、東京メトロを降車した。

そのままの勢いで、四番出口から外へと出る。

目的の場所へは二番出口が最適だけれど、きょうのように混雑した日は四番出口から出て走ったほうが早い。

コートはすでに手前の駅でロッカーにあずけてきた。

手には手袋《てぶくろ》。羽織っているのは、小さくたためるライトダウンだ。

持てる荷物は最小限。

なぜなら、邪魔《じゃま》になるからだ。

（今、何時……）

走りながら、スマホで時間を確認する。

――十五時五十分。

人ごみをうまくすりぬけて、目的の場所に向かう。

ほんらいなら、遅《おそ》くても十五時半にはここに到着《とうちゃく》していたかった。

けれど、この日は宇瑠が卒業後に入学を希望している製菓《せいか》専門学校の学校招待日で、どうしても外せなかったのだ。

（だいじょうぶ、まだ、間にあう……！）

息を切らせながら、見えてきた建物を見あげる。

流れるような屋根をもつ、大殿堂《だいでんどう》。

てっぺんには、シンボルともいえる、金色の玉ねぎ。

――聖地、武道館だ。

（間にあった！）

開演は十六時。

息を整えながらチケットを提示して、入場する。

一万を超《こ》える座席は全席指定。

宇瑠はどこか信じられない気持ちを抱《かか》えながら、チケットに記された自分の席へと歩いた。


（アリーナ正面席、最前列……！）

あった。ほんとうに、ウソみたいだ。

やっぱり未《いま》だに信じられなくて、ぼんやりとしながら宇瑠は席についた。


冬のドルチェ全国ツアー。

その最終日、東京公演である聖地・日本《にっぽん》武道館ライブ。

チケットは完売だった。

宇瑠の抽選《ちゅうせん》結果はさんざんなものだった。

けれど、落胆《らくたん》する宇瑠のもとに、ひとつの封筒《ふうとう》がとどいたのだ。

開けてみると、中に入っていたのがこのプレミアムチケットだった。

きっと、祖父からのプレゼントだと宇瑠は思う。

新居の住所を知っている人は少ないし、さらに宇瑠がドルチェファンだということまで知っているとなるともう、祖父しかいない。

（ありがとう、おじいちゃん……）

上着を小さくたたんで椅子《いす》の下にしまっているうちに、開演時間になった。

照明が落とされ、カウントダウンを告げるオープニングムービーがはじまる。
5、4、3、2、1…0！
五色のレーザービームとともに、真っ暗だったステージにライトが灯《とも》る。

照らし出されたドルチェのメンバーたちの姿に、どっと歓声《かんせい》が沸《わ》いた。

その、まるで音の壁《かべ》がぶつかってくるかのような大歓声に、宇瑠は震《ふる》えた。

これほどの大歓声ははじめてだった。

大波のようだと感じた東名阪《とうめいはん》ライブのときの比ではない。

ふと、会場中を見わたす。

熱気につつまれた客席。ペンライトをふる、一万を超える数のファンたち。

興奮よりも、圧倒《あっとう》された。

尻込《しりご》みするような気後《きおく》れを感じた。


ほんとうに、ドルチェはアイドルとして高みにのぼった。

書店のすみっこでの握手《あくしゅ》会、ほかのアイドルの前座で歌うオープニングアクト、席ががらがらだった音楽フェス、地道な動画配信に、手配りのチラシ……。

もうそんな、がむしゃらだった日々がウソのように思える。

ドルチェは夢を叶《かな》えた。

夢の先にたどり着くのは、きっとそう遠い未来じゃない。

（ほんとに、遠い存在になっちゃったな……）

あらためて、強く強く実感する。

よろこぶべきことだ。

……それなのに、素直《すなお》にうれしいと思えないのは、なぜだろう。

おめでとうと心の底から祝福してあげることができないのは、どうしてなんだろう。

風真が、一騎が、桔平が、ギリシャが、そして沙良が歌う。

キレのいいダンスを披露《ひろう》し、仲間たちと楽しげなトークをかわす。

すぐ目の前のステージなのに、それすらひどく遠く感じて、宇瑠はうつむいた。


「――どこ見てるの？　ボクを見ないとか、ゆるさない」

とうとつに響《ひび》いた沙良の声に、がばっと顔をあげる。

見れば、いつのまにかほかのメンバーはステージを下がり、沙良のソロ曲になっていた。

沙良の言葉に、ファンたちがいっせいに悲鳴のような歓声を上げる。

（……なんだ。反応しちゃって、わたしばかみたい）

宇瑠に言った言葉じゃないのに。

会場のファンみんなに向けた言葉なのに。

落胆が胸を占める。

宇瑠はまたうつむきかけて、ふと、強い視線を感じた気がした。

反射的に顔をあげた先で――ステージの上と下、沙良と宇瑠の視線が交差した。

どくん、と心臓が大きく跳《は》ねる。

沙良は、ふっと笑った。

優《やさ》しくて、熱くて、切ない、そんな笑《え》みだった。

それから沙良は、なにごともなかったかのように観客席を見渡《みわた》す。

（なんだ、やっぱり、気のせい……）

目が合ったと感じたのは、そうであってほしいって思うから。

一万人の中から、こんなちっぽけな自分を見つけられるはずがないのに。

思い上がりもはなはだしい。

（それにわたし、沙良くんにひどいことしたじゃない）

アイドルとしての沙良を守るため、アイドルとしてのドルチェを守るため、なにも言わずに身を引いた。沙良をさけた。

きっと、沙良は傷ついたはずだ。怒《おこ》ったはずだ。

一年以上もたって、気持ちだってもう変わったはずだ。

それを忘れて、なんて自分に都合のいい妄想《もうそう》だろう。

(でも……つらいよ……)

アイドルに恋をした宇瑠が悪かった。

わかってはいるけれど、心が張り裂けそうだった。

こんなに近いのに、沙良は遠い。

こんなのは、会えてないのとおなじ。

大好きなドルチェなのに、今は目をつむって耳をふさぎたい。そんな衝動にすら駆られてしまう。

つらくて、切なくて。

心が逃げ出しかけた、そのとき──。

沙良が宇瑠に見せつけるかのように、そっと自分の手首にキスをした。
右の手首。
宇瑠は、はっと目をみはった。
そこに見えるのはミサンガだ。
宇瑠が心を込めてつくってプレゼントした、あの、ミサンガ。

「沙良くん……」
涙《なみだ》が止まらなかった。

それからどうやって帰ってきたのか、宇瑠はよく覚えていない。
ただぼんやりとしていた。
沙良からのメッセージが、うれしくて。
でも、切なくて。

なんどか電車を乗り過ごしてから、やっとマンションのオートロックをぬけ、自宅ドアのまえにたどりついたところで、ドキリとした。

ドアのまえで、だれかが宇瑠を待ちかまえている。

「――おかえり」

「どうして……ここにいるの……？」

沙良だ。

沙良が、マンションのドアのまえに立っている。

状況《じょうきょう》がのみこめなくてぼう然とする宇瑠に、沙良は歩みよって、優しくほほ笑む。

かと思ったら、がしっと手首をつかまれ、持ち上げられた。

「ところで、このラバーバンド、なんでピンクなの……？」

「え、えぇ!?」

沙良がどこか引きつった笑みで見ているのは、宇瑠が手首につけていた、風真グッズのラバーバンドだ。

「紫《むらさき》、だよね？　つけるなら。さっき会場で持ってたペンライトも風真のロゴが入ってた。怒るよ？」

「沙良くん、なに言って……だいたいペンライトは切り替《か》えでちゃんとほかのメンバーカラーにも光るんだから関係な……」

「関係ある」

沙良のみょうな迫力《はくりょく》に何歩かさがろうとしたけれど、手首をつかまれたままで逃《に》げられない。

宇瑠が一歩さがると、沙良が一歩つめてくる。

何回かくり返すうちに、背なかにトンと壁《かべ》を感じて、宇瑠はおどろいた。

顔の両側に手をつかれて、壁と沙良のあいだに閉じ込められたこの状態は――。

「ま、まって、こ、これって壁ドン……。それにさっき、ライブでは推しがだれでもかまわないって言った……」

「言ったけど、やっぱりイヤだった」

「………」

「ねえ、ボクがこの一年八か月のあいだ、どんな気持ちだったかわかる？」

「……ごめんなさい、でも」

「でもなんか、きかない。ボクのためだったのは知ってる。でも、ゆるさない」

ゆるさないという沙良の目には、言葉どおり怒《いか》りが宿っていた。

でもそれ以上に、切なく宇瑠を見つめている。

「宇瑠がこんな『忍耐《にんたい》』のミサンガをくれるから、ボクはすごく我慢《がまん》した。宇瑠が大切にしてくれたドルチェだから、ボクも守ろうとがんばった。君のことだって忘れようと思った。なんども、なんども。ずっとずっと。——でも、やっぱりムリだった」

ラバーバンドを隠すように、沙良が宇瑠の手首をきゅっとつかむ。

「——もう、ボクから逃げないで」

胸がぎゅっと苦しくなった。

その目はたしかに、宇瑠がなにも言わず去ったことで深く傷ついたのだと訴《うった》えていた。

（わたしだって、逃げたくなんてなかった……！）

叫びたくなるのをこらえて、ぎゅっと強くくちびるを噛《か》む。

あの日、宇瑠は手をつなぎたかった。

好きだって言いたかった。

でも、それは許されなかった。

塔上沙良は、アイドルだから。

（それにまた、写真を撮《と》られたりしたら……）

ぶるりと身震《みぶる》いがする。

ドルチェみんなのがんばりを、宇瑠がすべてダメにするかもしれない。

それは、怖《こわ》い。

「ああ、それに、そろそろ推し変する気になった？」

「お、推しは今も風真くんだから！」

チッと舌打ちの音が響《ひび》く。

宇瑠は笑った。

沙良は変わっていない。

ぜんぜん、遠くなんてなっていなかった。

——一年八か月も離れていたはずなのに。

笑うのと一緒《いっしょ》に、涙《なみだ》がこぼれる。

「やだなあもう。だいたい、なんで引っ越《こ》したのにうちの場所知ってるんです?」

「ボク、君のおじいさんと連絡《れんらく》取ってるんだよ。知らない?『Mimi』でも何度か会ってるし、お店畳んだあともほかのお店のショコラの監修とかしてたでしょ。その監修先ってボクの常連店なんだけど」

「し、しらない!」

なにそれ! はじめてきいた話だ。

「じゃあ、あのチケットは」

「届けてもらえるよう、おじいさんに頼んだ。来てくれるかどうかは、わからなかったけど……」

……宇瑠、もう泣かないで?」

「だって……沙良くん」

涙がこぼれればこぼれるほど、出会ってから今までのことがあふれるように思い出される。

出会いがしらの沙良の言葉はたしか、

「――こんなところまで押しかけてくるなんて、君、ストーカーなの？」

涙をぬぐって、あの日の沙良のまねをしてみせる。

沙良はムッと顔をしかめた。

でもその頬《ほお》は、ほんのり赤い。

「ぜんぜん似てない」

「ぜったい似てます。自信ありますー」

「じゃあボクも、宇瑠のまねしようか？」

「えぇ!?」

まさか、そんな返し方をされるとは思わなかった。

（あのとき、わたしどんな態度だったっけ？　たしか挙動不審《ふしん》になって、これは偶然《ぐうぜん》です！とか言ったような……？）


「うそ。やらないよ」

おでこをピン、と弾《はじ》かれる。

壁ドンのように閉《と》じこめられたところから、やっと解放された。

「だって、これは『偶然』なんかじゃないから。ボクたちの出会いは、『必然』でしょ？」

「沙良くん……」

沙良が宇瑠を見つめて、宇瑠もまた、沙良を見つめた。

「……アイドルに恋してもいいですか？」

「アイドルが恋しちゃだめですか？」

その答えはまだ出ない。

でも絶対的にわかることは、この恋心は本物で、消すなんてできないということ。

ふたりがいなくなったあとも、切れたミサンガだけが廊下《ろうか》にのこっていた。

おまけイラスト

イラスト／桐谷

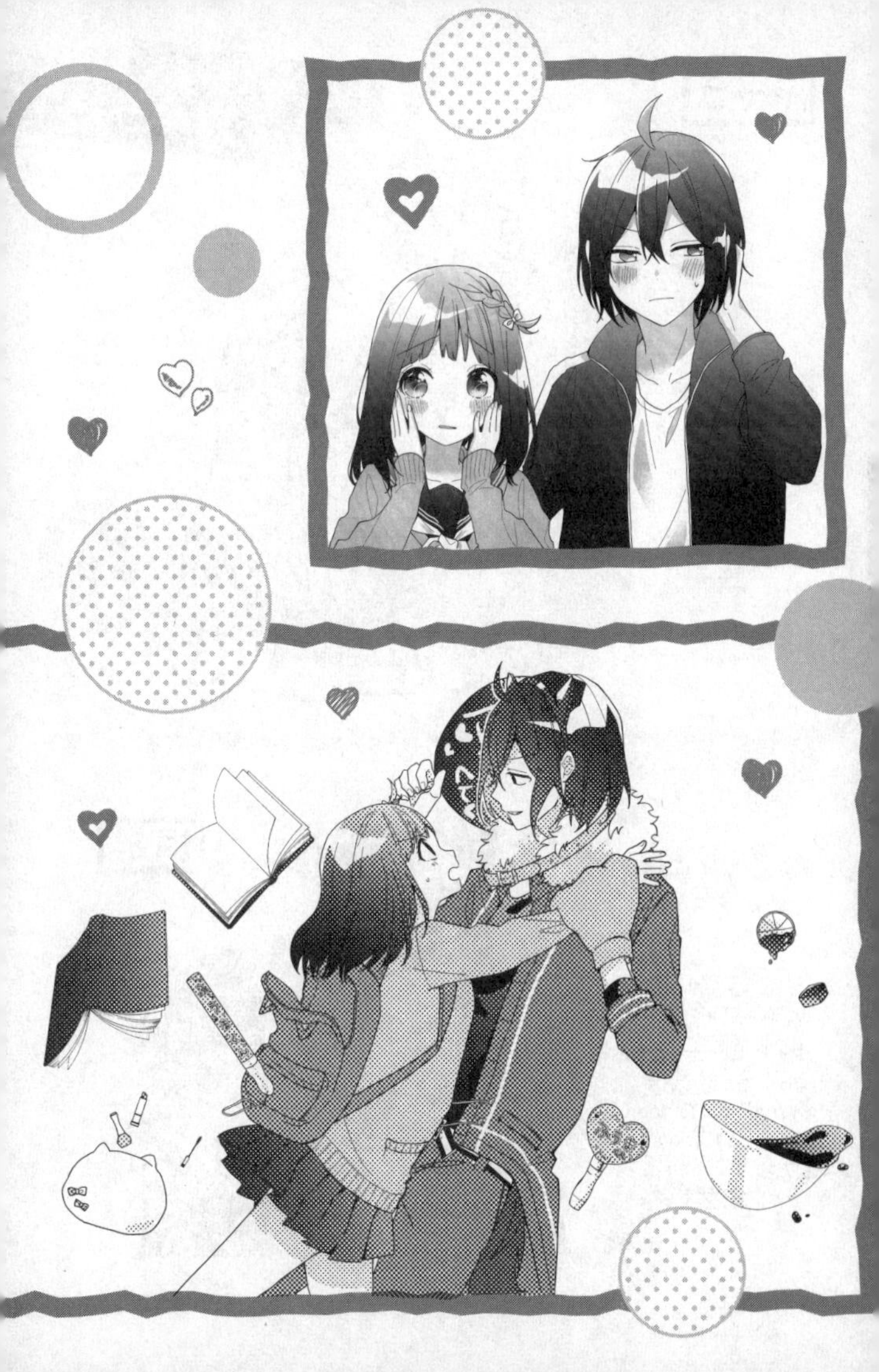

ヤマコ

HoneyWorks
メンバーコメント

桐谷

「Dolceアイドルが恋しちゃ
だめですか?」

お手に取って頂き
ありがとうございます!!
アイドルとファンという
タブーな2人の恋…
いかがでしたか?(´ω`)
4コマでは見られない
沙良がたくさんで
すごく新鮮でした!

桐谷

ろこる

Dolce.
「アイドルが恋しちゃだめですか？」
小説化ありがとうございます!!
rocoru

モゲラッタ

祝 Dolce
小説発売!!
実は沙良
描いたことなかったので…
モゲラッタ

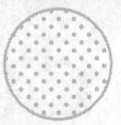

「Dolce」
CV(キャラクターボイス)担当の
メンバーコメント

坂田明

アイドルは
恋しては～
ならない!!
by坂田

浦田わたる

Dolce～アイドルが恋しちゃだめですか?～
発売おめでとうございます!!
~~アイドルに恋もしてみたいなぁ~~

こいぬ

Dolce アイドルが恋しちゃだめですか？
発売おめでとうございます！
沙良!! オマエ!! バーカバーカ!!
幸せになれよ!!!!!
こいぬ

いそろく

Dolce
してる？
いそろく

るぅと

Dolce・小説化!!
おめでとうございます!!!
僕も強くなります!?ふふ。

BEANS BUNKO

「Dolce アイドルが恋しちゃだめですか？」の感想をお寄せください。
おたよりのあて先
〒102-8078　東京都千代田区富士見1-8-19
株式会社KADOKAWA　角川ビーンズ文庫編集部気付
「HoneyWorks」・「小野はるか」先生・「ヤマコ」先生・「桐谷」先生
また、編集部へのご意見ご希望は、同じ住所で「ビーンズ文庫編集部」までお寄せください。

Dolce《ドルチェ》
アイドルが恋《こい》しちゃだめですか？

原案／HoneyWorks　著／小野《おの》はるか

角川ビーンズ文庫　21698

令和元年７月１日　初版発行
令和元年９月20日　３版発行

発行者———三坂泰二
発　行———株式会社KADOKAWA
〒102-8177　東京都千代田区富士見2-13-3
電話 0570-002-301（ナビダイヤル）
印刷所———株式会社暁印刷
製本所———株式会社ビルディング・ブックセンター
装幀者———micro fish

ISBN978-4-04-108382-6 C0193 定価はカバーに表示してあります。

◇◇◇

原案／HoneyWorks
著／藤谷燈子、香坂茉里
イラスト／ヤマコ、島陰涙亜
告白予行練習
シリーズ
青春系胸キュンボカロ楽曲の名手、
HoneyWorksの代表曲、続々小説化!!
好評既刊
1.告白予行練習
2.告白予行練習　ヤキモチの答え
3.告白予行練習　初恋の絵本
4.告白予行練習　今好きになる。
5.告白予行練習　恋色に咲け
6.告白予行練習　金曜日のおはよう
7.告白予行練習　ハートの主張
8.告白予行練習　イジワルな出会い
9.告白予行練習　僕が名前を呼ぶ日
10.告白予行練習　大嫌いなはずだった。
以下続刊

●角川ビーンズ文庫●

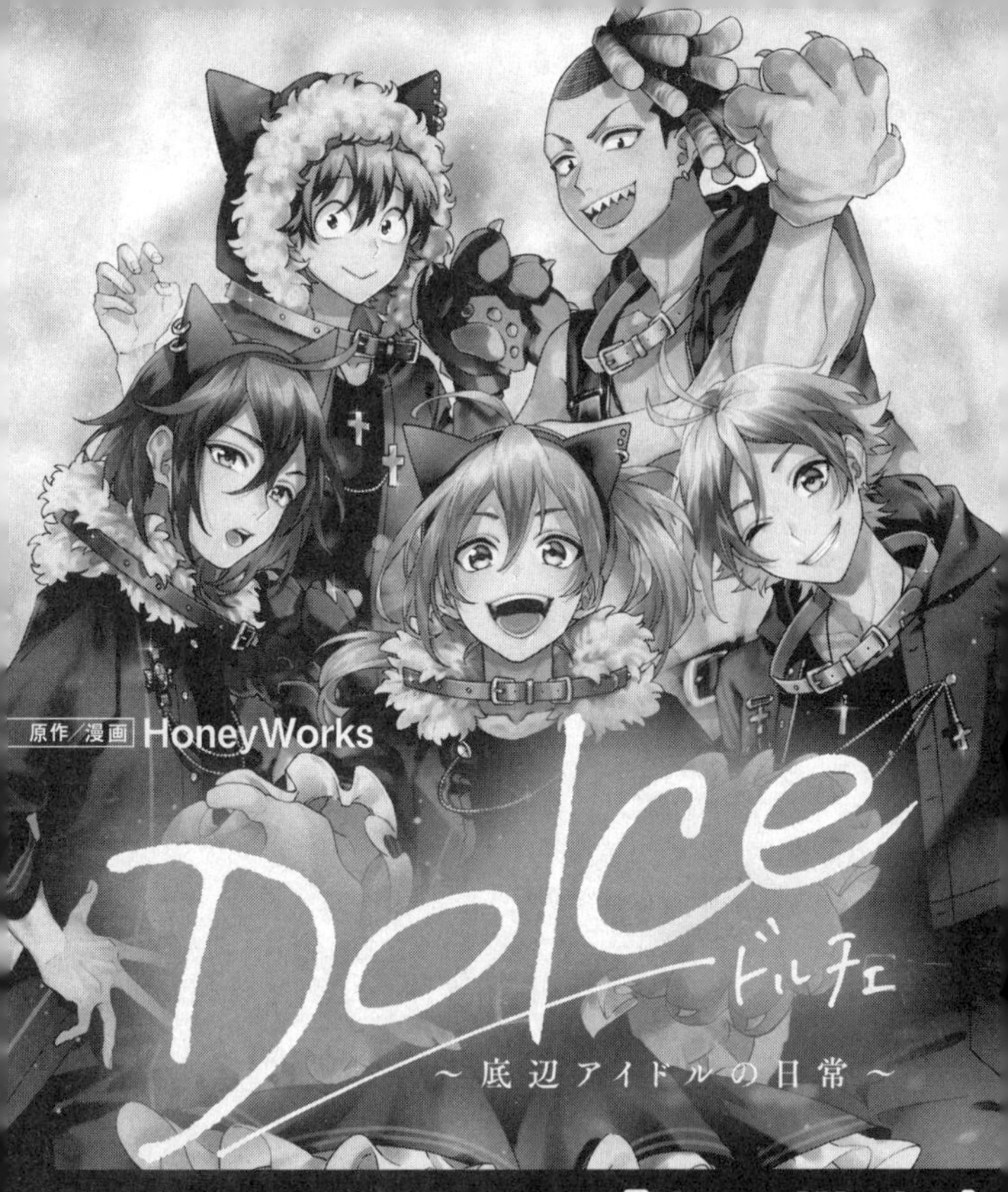

原作／漫画 HoneyWorks
Dolce
ドルチェ
～底辺アイドルの日常～

第19回
角川ビーンズ小説大賞
ジュニア部門スタート！
2019年
10月1日から
受付スタート！
18歳までなら
誰でも
応募できるよ！
「恋愛裁判」原案
「からくりピエロ」・「ナオハル」
「部室内レンアイ
ズルいです、先輩。」
審査員は40mP＆榊《さかき》あおい!!
みんなの「スキ！」を読んでもらうチャンス！
くわしくは ビーンズ文庫 検索
イラスト／たま、MW(Kitty creators)、ヤマコ、池田春香